ARCHE

Jens Steiner

MEIN LEBEN ALS HOFFNUNGSTRÄGER

Roman

ARCHE

Mit Unterstützung von Pro Helvetia,
Schweizer Kulturstiftung.

MIX
Papier aus verantwortungsvollen Quellen
FSC® C014496

ISBN 978-3-7160-2764-6
Originalausgabe
1. Auflage 2017

Gesetzt aus der Chaparral Pro
Satz: Dörlemann Satz, Lemförde
Druck und Bindung: GGP Media GmbH, Pößneck
Printed in Germany

www.arche-verlag.com
www.facebook.com / ArcheVerlag

1

Gleich geht die Welt unter. Der Himmel hat sich in einen tobenden Strudel verwandelt, Schneeflocken stieben in Scharen durch die Luft. Als ob das nicht genug wäre, zieht der Wind immer wieder Schneisen in die weiße Fülle und sortiert alles neu. Frau Holle muss eine Wut haben.

Hier unten herrscht wieder einmal nur Wegwerfwut. Der Christbaumcontainer ist längst voll und ständig kommen neue Bäume rein. Inmitten des Getümmels stehen vier Herren in blau-gelber Montur und pusten sich in die Hände. »Herrschaftszeiten, was zum Teufel ist denn los heute?«, mault Uwe. »Letztes Jahr verteilten die Dinger sich schön über die ersten Januarwochen.«

Während Arturo die Mütze ausschüttelt und João einen langen Blick auf seine Armbanduhr wirft, stehe ich reglos da. Ich sehe einen Familienvater, der eine Blautanne und ein quengelndes Kind hinter sich herzieht, und denke: Vielleicht entsorgen die Leute ihre Bäume aus Frust darüber, dass Weihnachten grün war und ausgerechnet der erste Arbeitstag im Januar eine weiße Decke verpasst bekommt.

João räuspert sich, blickt erneut auf die Uhr. Uwe sieht es, hebt die Arme in die Luft und ruft: »Herrje, Schau, du siehst doch, dass Pause jetzt nicht drin ist. Vielleicht in einer halben Stunde. Irgendwann muss der Wahnsinn aufhören.«

João wendet sich schnaubend ab und beginnt, mit seiner Krachlederstimme die Christbaumloswerder herumzuscheuchen. Arturo steigt in den großen Container und zerkleinert mit der Astschere die Bäume. Auch ich sollte mich jetzt in Bewegung setzen, aber keines der Signale aus meinem Hirn ist zwingend genug. Ich bleibe stehen.

Uwe neigt den Kopf verstohlen in meine Richtung und flüstert: »Ach, Philipp, du hast nicht zufälligerweise meinen Multi-Schraubenzieher gesehen irgendwo?«

»Deinen was?«

»Multi-Schraubenzieher. Der war nagelneu, Mensch!«

Ich schüttle den Kopf, Uwe eilt davon. Träge hebe ich meinen Blick. Die Schneeflocken sind jetzt dick wie zerrupfte Wattebäusche. Am Boden gelandet, verwandeln sie sich in eine gallertartige Schicht, die von den ankommenden Autos unter das große Dach geschwemmt wird. Das dabei entstehende Rauschen mischt sich mit dem Summen der Presscontainer zu einem sanftmütigen Klangteppich. In meinen grauen Hirnzellen macht sich Uwes Leitspruch bemerkbar: »Wenn sich die Leute beim Recyceln wohlfühlen, kommen sie wieder.« Nasse Füße sind da eine schlechte Voraussetzung, denke ich, greife zur Schaufel und beginne, den Matsch wegzuschieben.

Das mit dem Leitspruch scheint zu funktionieren. Bei uns wird recycelt, was das Zeug hält. Erst recht in den Tagen nach der großen Bescherung. Wenn ich recyceln sage, ist das natürlich Schönfärberei. Die meisten Kunden kümmert es nicht, was mit dem Kram passiert, den sie hier abladen. Das Wort Recycling dient bloß der Erleichterung ihres Gewissens. Sagt zumindest Uwe. Er nimmt es dennoch sehr genau. »Das ist unsere Aufgabe, meine Herren«, sagt er, »und wenn ihr euch auf den Kopf stellt.«

Apropos genau nehmen: Schreibt man eigentlich recyclen oder recyceln? João und Arturo hat die Frage nie interessiert, Uwe schlägt sich regelmäßig mit ihr herum. Wöchentlich hat er seinen Vorgesetzten einen Rapport abzuliefern. Als Vorlage dafür dient ein Formular, in das ein paar Haken und Zahlen einzusetzen sind. Ganz unten allerdings, als letzter Punkt, steht »Bemerkungen« und dann folgen vier freie Linien. Diese vier Linien sind Uwes allwöchentliches Verhängnis. Er kann sie einfach nicht frei lassen. Wenn er in seinem Bürocontainer sitzt und sich die Haare rauft, schaue ich ihm durchs Fenster zu und denke: Armer Uwe.

Ich selber weiß zwar auch nicht, ob man recyclen oder recyceln schreibt, doch wie die Sache funktioniert, umso besser. Uwe hat es mir gründlich beigebracht. Ich bin schließlich sein Hoffnungsträger. »Der einfache Mann von der Straße hat keinen Schimmer, wie kompliziert der ganze Kreislauf ist«, sagt er. Er sagt auch, dass Abfallrecycling wie jedes Geschäft von der Sorge des einfachen Mannes um seine Ersparnisse und von seinem Wunsch nach einem Quäntchen Seelentrost angetrieben werde. Deswegen sei recyceln in unserer Stadt billiger als wegwerfen. Deswegen sind wir immer freundlich zum einfachen Mann und sagen Auf Wiedersehen, die Herrschaften, und einen schönen Tag noch.

Arturo hantiert noch immer mit der Astschere im Tannencontainer. Unverständlicher Wortsalat dringt über die Kante des Blechkastens zu uns herab. Ich werfe João einen fragenden Blick zu. Dieser übersetzt: »Turo sagt, gibt's jetzt Platz im Container wie mindestens drei Fußballfelde. Circa ungefähr.« Zur Bekräftigung befördert er eine zerzauste Nordmanntanne im hohen Bogen über die Kante. Hinter der Blechwand ertönt ein lautes Wettern. João sagt: »Drei Fußballfelde, aber Turo steht immer nie am richtige Ort.« Er verzieht keine Miene, nur sein Schnauzer wackelt beim Sprechen. Ich weiß nicht, ob ich über den Spruch lachen darf.

Mit dem Lachen ist es bei uns so eine Sache. Die zwei Portugiesen João und Arturo scheinen in ihrer Sprache pausenlos herumzualbern, lachen aber nie. Uwe, der Deutsche, kann nach eigener Aussage aus genetischen Gründen keine Witze reißen, dabei würde er gerne öfter etwas zu lachen haben. Ich, der Schweizer, könnte zwar Witze reißen, doch das ist selten nötig, denn lachen kann ich auch so. Zum Beispiel jetzt, wo Arturo aus dem Container stolpert, sich im Schneegestöber Jacke, Pullover und Unterhemd vom Leibe reißt und in wilden Verrenkungen die Nadeln ausschüttelt.

Uwe ruft mich. »Da stimmt was nicht mit dem mittleren Presscontainer. Bitte, Philipp, sei so gut und schau nach. Aber fix!« Brauche gar nicht nachzuschauen, denke ich. Man hört von hier aus, dass da etwas klemmt. »Oh«, sagt Uwe, »und falls du da drin so etwas wie einen Multi-Schraubenzieher finden solltest ... ach, lass mal gut sein. Ich will dir nicht noch mehr auf den Hals laden.« Er winkt ab, ich wende mich dem vertrauten Geräusch zu.

Unsere Presscontainer funktionieren wie die heulenden Schlünde von der Müllabfuhr. Nur sind sie viel stärker. Alles, was ihnen vors Maul geworfen wird, drücken sie stoisch in sich hinein. Truhen, Matratzen, Korbsessel, Kindersitze. Wie Schlangen beißen sie nicht, sondern würgen. Und manchmal verwürgen sie sich. Dann bin ich am Zug.

Als ich mit dem Klauenhammer auf Presscontainer Nummer zwei steige, ruft Uwe: »Mein lieber Scholli, was kommt denn da angeeiert. Voll bis zum Stehkragen, die Büchse. Sieht mir schwerstens nach einer Hausräumung aus. Und vorne bei den Bäumen ist auch die Hölle los. Philipp, schnell, bitte!«

Seit Stunden wetzt Uwe hin und her, ruft Anweisungen, jammert, gibt sich selbst Anweisungen, muntert sich auf, muntert uns alle auf. Doch in diesem Moment ist er der Einzige, der sich noch reinkniet. João und Arturo schmeißen Bäume, als sei längst alles egal. Ich selber rede meinem Presscontainer gut zu und tänzle dabei zu einer läppischen Melodie, die mir hinterherläuft.

Uwe geht mit gequältem Lächeln auf den Kleinlaster von der Hausräumung zu. Keine angenehme Sache, das weiß er. Eigentlich haben sich Hausräumer anzumelden, besser noch, sie bestellen eine Mulde vors Haus, die dann abgeholt wird. Da der Mensch sich beim Recyceln wohlfühlen soll, bringt Uwe ihnen das Unangenehme taktvoll bei.

Ich habe den Übeltäter gefunden. Es ist das Rohr eines Sonnenschirms, das die Schaufel blockiert. Ich versetze ihm mit dem Hammer einen gezielten Schlag, es rutscht aus dem Spalt. Ich springe hinunter und lege einen Hebel um. Das Summen des Motors klingt tadellos.

Ich stelle mich zu João und Arturo. Eine Windbö schleudert uns einen Schwall Schnee entgegen, wir erdulden es, ohne mit der Wimper zu zucken. João hebt einen Baum auf und wirft ihn kaum einen Meter neben sich wieder hin. Dann drückt er den Rücken durch und schüttelt die

Handschuhe aus. Arturo bückt sich ebenfalls, hebt einen Baum auf und wirft ihn an dieselbe Stelle. Und drückt den Rücken durch. Und schüttelt die Handschuhe aus.

Unsere zwei Portugiesen vertragen einiges, aber wenn Uwe die Pause verschiebt, werden sie fuchsig. Ein klapperdürrer Mann mit einem Adventskranz in der Hand tapst heran, er sagt: »'tschuldigung, wo darf ich den …« João dreht sich um und wirft dem Mann einen Blick zu, der diesen prompt verstummen und kehrtmachen lässt. Eine Weile lang machen die beiden so weiter, schließlich wirft João die Handschuhe hin und trottet durch den Matsch in Richtung Pausenbaracke, Arturo tut es ihm nach. Ich verharre in Unentschlossenheit.

Ich weiß, ich bin Uwes Hoffnungsträger. Irgendwann ist das vorbei, und mir ist nicht sehr wohl bei dem Gedanken daran, was dann sein wird. Deshalb tue ich alles, um so lange wie möglich Uwes Hoffnungsträger zu bleiben. Aber auch mir käme jetzt eine Pause mehr als gelegen. Ich werfe einen Blick über die Schulter. Uwe wetzt zwischen Hausräumern, Christbaumloswerdern und den üblichen Ramschablieferern herum und grantelt vor sich hin. Zumindest bis die Hausräumer weg sind, wird er beschäftigt sein. Also verbanne ich jeglichen Gedanken an mein Hoffnungsträgertum in die hintersten Regionen meines Gedächtnisses und eile den beiden Kollegen hinterher.

Die Pausenbaracke gehört nicht zum offiziellen Teil unseres Reyclinghofs. Kurz: Sie ist illegal. Als der Verschlag aus rostigem Zinkblech und morschen Brettern eines Tages unangemeldet hinter den Altkleider-Containern stand, sagte João augenzwinkernd: »Kleines Präsent von Gönner. Mit Spezial-Gruß an Chef.« Uwe rastete aus, doch João wollte den Namen des Gönners partout nicht verraten. Da Uwe trotz allem ein Menschenfreund ist, steht sie noch heute da. João, Arturo und ich würden ziemlich weit gehen, falls er auf die Idee kommen sollte, sie zu entfernen. Winzig und urgemütlich ist sie. Genau der richtige Ort, um sich vor dem Weltuntergang zu verstecken.

Ich sitze auf der Bank, lege die Hände um die warme Kaffeetasse und stelle mir vor, wie ein immenser Windstoß unser großes Dach aufhöbe und forttrüge. Wir hätten keinen Schutz vor Niederschlägen mehr, und unsere Arbeit wäre viel mühseliger. Wir wären dem Himmel über unseren Köpfen so ausgeliefert wie die Männer von der Modelleisenbahn nebenan und die Schrebergärtner am Fluss, und uns bliebe nichts anderes übrig, als regelmäßig ein Bittgebet zum großen Weltenlenker hinaufzuschicken.

Ich schlürfe vorsichtig und stelle mir vor, wie ein immenser Windstoß mich selber aufhöbe und forttrüge. Vom Himmel herab sähe ich Uwe, João und Arturo als blau-gelb gestreifte Ameisen, und ich würde mich sofort zurücksehnen in ihre kleine Welt unter dem großen Dach, und dann würde ich meinen Blick in die Ferne richten und die fahlen Wellen der Landschaft sehen, und auch nach ihnen sehnte ich mich.

Manchmal, wenn ich in der Pausenbaracke sitzend meinen Träumen hinterhertaumle, tippt mich jemand sanft auf die Schulter und holt mich herunter auf den Boden des Hier und Jetzt. Meistens ist es Arturo, der mir einen Gegenstand zeigen will. Heute hält er einen alten Sony-Walkman in der Hand.

»Frisch Fang aus Elektronikcontainer«, sagt er.

Ich bewundere stumm seinen Fang. Wie ein Stein in eine Fensterscheibe kracht Joãos Stimme in meine Bewunderung: »Firlegefanz das! Nicht alt genug zum für Gruppe von Kundschaft, wo echte Sammler. Bekomme ich nicht mal müder Zehner dafür.«

Der Walkman wird zurück in den Elektronikcontainer wandern. Arturo widersetzt sich Joãos Urteilen nie. Was ihn nicht daran hindert, immer wieder einen neuen Gegenstand herzuzeigen. Tagtäglich ziehen die beiden Freunde allerlei Sachen aus dem offiziellen Warenfluss und führen sie ihrem Nebengeschäft zu.

Wir alle haben den Blick für das Potenzial der verschiedenen Recyclertypen. Bereits wenn ein Auto in den Hof einfährt, beginnen wir es zu taxieren. Spätestens wenn die Leute aussteigen, sehen wir ihnen ihre Mission an. Doch João und Arturo haben noch einen anderen Blick. Sie erkennen die Blinden. Diejenigen, die keine Ahnung haben, was sie entsorgen. Die Kinder verstorbener Eltern sind ein klassisches Beispiel. Wenn sie den Ballast ihrer Herkunft über Bord werfen, sind João und Arturo zur Stelle. Die Typen mit der billigen Massenware wiederum sind eine ganz andere Kategorie. Und dann gibt es noch jene, die vor Jahren im Ausverkauf dreißig Meter Gartenschlauch ergattert haben, nur für den Fall. Doch der Fall ist nie eingetreten. Endlos viele Fälle treten nie ein. Ware bleibt unbenutzt liegen, Ware gerät in Vergessenheit, genauso wie der Grund, weshalb sie einmal angeschafft wurde.

Als wir nach einer Viertelstunde aus der Pausenbaracke treten, herrscht Stille auf dem Recyclinghof. Der Schneesturm ist fast vorbei, die Hausräumer und die meisten Christbaumloswerder sind auf und davon. Nur einer steht jetzt noch unter dem Dach. Es ist Uwe. Sein Gesicht leuchtet wie ein festlicher Lampion in der Dämmerung, in der Hand hält er einen Gegenstand.

»Mein lieber Herr Gesangsverein, ihr werdet's mir nicht glauben. Kein Wort werdet ihr glauben von dem, was jetzt kommt. Aufgepasst!« Wir blicken Uwe erwartungsvoll an. »Es war der Junge von vor zwei Stunden. Hebt der Knirps meinen Multi-Schraubenzieher auf und sagt: ›Darf ich den mitnehmen?‹ Und ich antworte: ›Eigentlich ist das nicht erlaubt. Aber weißt du was, Junge? Für dich mach ich eine Ausnahme.‹ Das habe ich zu ihm gesagt und keine Sekunde auf das Ding in seiner Hand geguckt. Und jetzt stellt euch vor, kommt eben gerade eine Frau mit dem Kleinen im Schlepptau angestelzt. Es täte ihr schrecklich leid, ihr Sohn habe geklaut, und sie blafft den Jungen an: ›Entschuldige dich gefälligst bei dem Mann, Erich.‹ Und der kleine Erich wimmert: ›Aber ich hab den Mann gefragt, Mama.‹ Und ich sage: ›Gute Frau, ihr Sohn hat tatsächlich gefragt, und trotzdem bin ich Ihnen dankbar, denn das ist in der Tat mein neuer Multi-Schraubenzieher, ich habe ihn schon ziemlich vermisst. Du darfst dafür etwas anderes mitnehmen, Erich. Such dir was aus. Im Elektronikcontainer gibt's immer tolle Sachen.‹« Uwe hält seinen Multi-Schraubenzieher hoch und strahlt. João und Arturo blicken sich stumm an, ich schicke ein Grinsen in Richtung Himmel.

Zwei Stunden später sind das Schneegestöber und der Christbaumwahnsinn nur noch laue Erinnerung. Uwe schließt das Tor zum Recyclinghof, João beißt in einen Apfel, ich klemme meine Thermosflasche unter den Arm und trommle mit den Fingern den Takt meines Ohrwurms auf den Deckel. Dann fährt Arturo in seinem

Lancia vor, lehnt sich zur Beifahrerseite, stößt die Tür auf. João krächzt: »Gut Feierabend allerseits und immer schön umdrehen die Schraub, gell!« Er setzt sich zu Arturo in den Lancia, die Tür knallt zu. Arturo hupt zweimal, und weg sind sie.

»Ach, unser Schau«, seufzt Uwe, »wenn wir ihn doch nur verstehen würden!«

»Ja, ja, unser João«, erwidere ich und trommle weiter.

»Ich bin verdammt froh, dass ich dich hab«, sagt Uwe.

»Hm«, antworte ich und kratze mich verlegen an der Nase.

Ein gestiefelter Mann mit Hund trottet vorbei. Das Geräusch, das seine Gummistiefel auf dem Matsch machen, fasst die ganze Misere dieses Tages zusammen. Eine Misere, mit der sich leben lässt, denke ich. Dann biegt Uwes Tram in die Endhalteschlaufe. Leute steigen aus und eilen davon. Der Fahrer stellt sich an die vorderste Tür und steckt sich eine Zigarette an.

»Na, dann geh mal, Philipp. Wünsch dir was«, sagt Uwe.

»Okay, Chef.«

Uwe stapft zum Fahrer und setzt zu seinem üblichen Schwätzchen an. Ich verschwinde in der Dämmerung. Das Geräusch, das meine Stiefel auf dem Matsch machen, fasst die ganze Misere der Welt zusammen. Kein Grund, sich unglücklich zu fühlen, denke ich und schicke abermals ein Grinsen in Richtung Himmel.

2

Halb acht. Im Badezimmerspiegel putzt sich einer die Zähne und beobachtet mich argwöhnisch. In den Heizungsrohren ertönt ein Klappern. Nachbarin Bigliottis allmorgendliche Staubwedelattacke, denke ich und spucke blauen Zahnpastasaft ins Waschbecken. Schluck Wasser, kräftig gurgeln. Im Spiegel ein gespieltes Grinsen.

Ich gehe in die Küche und packe meine Brote ein. Aus dem Luftabzug über dem Herd strömt der altbekannte Duft, vom Treppenhaus sind schnelle Kinderschritte zu hören. Es beruhigt mich, wie dieses Haus die Lebenszeichen der Bewohner durch seine Mauern und Eingeweide sickern lässt. Man weiß, die anderen sind da. Man weiß, sie tun das, was sie immer tun.

Auch ich tue, was ich immer tue. Ich mache mich pünktlich auf den Weg. Halb acht ist viel zu früh, aber ich bin nun mal ein Rumtrödler, bleibe oft stehen, wo's für andere nichts zu sehen gibt, und mache sinnlose Zusatzschleifen. Wenn ich dann endlich am Tor des Recyclinghofs ankomme, trinke ich meinen obligaten Kaffee, bevor es um Punkt acht losgeht. Mein Morgenkaffee hat die gleiche Funktion wie Frau Bigliottis Morgenputz, er ist täglicher Mutgeber und hält böse Geister fern.

Vom Hallen meiner Schritte begleitet, bewege ich mich

an schwarzen Türspionen vorbei über den Flur. Dann das Treppenhaus hinunter, immer zwei Stufen auf einmal. Unten der Eingang mit der Briefkastenwand. Genau vierundfünfzig sind es bei uns. Vierundfünfzig Briefkästen für dreiundfünfzig Wohnungen, der überzählige gehört dem Hausmeister. Im Erdgeschoss sind es fünf Wohneinheiten, in den weiteren acht Geschossen je sechs. Ein regelrechter Bienenstock. Der ganze Komplex, eine riesige Handorgel auf Betonstelzen, hat sechs Eingänge, macht insgesamt dreihundertachtzehn Wohnungen. Wenn man davon ausgeht, dass in jeder durchschnittlich zwei Menschen leben, sind wir hier an die sechshundertfünfzig Leute. Die meisten von ihnen sehe ich nie. Und doch gehören wir zusammen. Eingekeilt zwischen Autobahn, Industrie und Kläranlage leben wir in einer Art Pioniersiedlung. Grünau heißt das Viertel offiziell. Die Verwaltung unserer Stadt ist nicht gerade für ihren Humor bekannt, aber mit diesem Namen ist ihr ein richtiger Knaller gelungen.

Ich trete aus dem Bienenstock und trotte los. Bei den Tischtennisplatten winkt mir ein Schneemann mit seinem geknickten Astarm zu. Ein zerfetzter Plastikschlitten hat sich unter einer Krüppelkiefer verkrochen. Dann tauchen rechts die Hallen einer Chemiefabrik auf. Alles andere als ein schöner Anblick, aber das ist hier ein wichtiger Arbeitgeber, also kein schlechtes Wort. Vor mir ein Tattergreis, krumm wie eine Banane, am Stock die zittrige Hand. Soll ich ihn links oder rechts überholen? Er bleibt stehen, um zu verschnaufen, ich überhole ihn links. Bestimmt ist er auf dem Weg zum Supermarkt. Dieser öffnet erst um acht, aber die Alten stehen sich bereits eine Viertelstunde vorher gegenseitig auf den Füßen.

Ich recke den Hals. Gleich kommt das Areal des Dampfzugvereins. Zwei Dutzend Männer bauen hier an einer riesigen Modelleisenbahnlandschaft. Tag für Tag beschäftigen sie sich mit unterschiedlichen Arten des Lokantriebs und der Kraftübertragung, mit Adhäsion, Brückenstatik und Kurvenneigung. Man könnte meinen, morgens um fünf nach halb acht sei es noch viel zu früh, einem solchen Hobby zu frönen, aber nicht selten ist bereits zu dieser Zeit einer vor Ort. Tatsächlich schräubelt da einer an der Signalanlage herum. Seine Miene ist verkniffen, trotzdem sieht er ganz zufrieden aus. Wahrscheinlich hat er es nach dem Frühstück nicht ausgehalten in der Stube oder Wohnküche, wo es beim besten Willen nichts zu tun gab, worauf er das schmutzige Geschirr und seine Alte kurzerhand stehen ließ.

Meist biege ich nach dem Eisenbahnareal zum Fluss ab, passiere Hundehalter und Frühjogger, um weiter unten, hinter der Kläranlage, einen Bogen zu machen und so von der anderen Seite her zum Recyclinghof zu gelangen. An diesem Wegstück gibt es einen versteckten Kanal, eine regelrechte Wundertüte von einem Biotop, an dem ich regelmäßig meine Zeit verbummle. Auch am Fluss gibt es frühmorgens immer etwas zu sehen. Reiher, Bachstelzen, Ratten. Heute aber nehme ich den schmalen Weg zwischen dem Kanal und den Schrebergärten.

Der Weg macht einen Haken, ich komme an einer Holzhütte mit Bierschild und rot-weiß gewürfelten Vorhängen vorbei. Der Schrebergärtnerkiosk, in den Monaten ohne »r« jeden Samstag und Sonntag zwischen 11 und 17 Uhr geöffnet, je nach Wetter auch an Wochentagen. Dann die Skateboardhalle, und schon erreiche ich unsere Kehrschlaufe. Ein Süßigkeiten- und ein Fahrkartenautomat, vier Sitzbänke, eine Magerwiese, zwei Abfalleimer mit Haifischmaul, im Hintergrund die Einfahrt zum Recyclinghof. Ich setze mich hin, hole die Thermosflasche aus dem Rucksack, drehe den Deckel auf und schenke ein. Kaffeedampf steigt hoch, ich schlürfe in kurzen Abständen. Still ist's hier um diese Zeit, das Rauschen der Autobahn im Hintergrund wie das Atmen eines schlafenden Riesen.

In wenigen Minuten wird das nächste Siebzehnertram auftauchen und jaulend in die Kehrschlaufe einbiegen. Die Türen werden sich mit einem Zischen öffnen, und heraustreten wird Uwe Löhlein, mein Chef und Mentor. Er wird an der vordersten Tür stehen bleiben, denn ein Tag ohne den Schwatz mit dem Fahrer ist für Uwe ein verlorener Tag. Derweil werde ich mir noch etwas Kaffee einschenken, weiterschlürfen und die beiden beobachten. Spätestens nach drei Minuten wird der Fahrer sein Handgelenk mit einer forschen Bewegung aus dem Ärmel schnellen lassen und auf die Uhr schauen. Dann wird Uwe ihm einen Klaps auf die Schulter geben und sich abdrehen. Er wird feierlich auf mich zukommen, im Gesicht ein wohlmeinendes Lächeln, denn das ist er seinem Hoffnungsträger schuldig.

Im Hintergrund das Rauschen der Autobahn, hier die reine Stille. Noch sitzt der Tag in den Startlöchern. Ich sitze auf meiner Bank und tue, was ich immer tue. Inmitten der ganzen Herumrennerei unserer Tage bleibt eine Trägheit, die wir uns nicht austreiben lassen: Man wohnt heute weniger lange am gleichen Ort, man wechselt oft die Stelle, den Beruf, die Frau, den Mann, und doch hat man das meiste, was man gerade tut, auch am vorherigen Tag und am vorvorherigen und am vorvorvorherigen getan. Ich weiß nicht, ob mich diese Erkenntnis beruhigt. Ich nehme einen weiteren Schluck Kaffee.

Nun kommt Uwe. Er sagt: »Philipp! Das Leuchtfeuer meiner Tage. Menschenskind!«

Es gibt andere Tage, da bin ich sein Leitstern, manchmal nennt er mich auch seinen Kompass. Heute darf ich wieder einmal das Leuchtfeuer sein.

»Morgen, Chef«, erwidere ich, »alles klar?«

»Deine Anwesenheit klärt alles auf, was eben noch im Nebel lag.«

Ja, so ist er, der gute Uwe. Er mag die Menschen. Und er lobt sie gerne. Während wir zur Einfahrt des Recyclinghofs schlendern, fasst er die Nachrichten aus der Gratiszeitung zusammen und ich platziere kommentierende Geräusche in seine Sprechpausen. Dann schließt Uwe das Tor auf und wir steuern den Bürocontainer an. Sofort schaltet er die Kaffeemaschine ein, ich fülle mir nochmals einen Becher aus der Thermosflasche. Wir haben auf dem Hof zwei Kaffeemaschinen, diese hier im Bürocontainer und Joãos Gegen-Maschine in der Pausenbaracke, und beide machen exzellenten Kaffee. Dennoch kommt mein Morgenkaffee aus der Thermosflasche. Uwe hat längst aufgehört, meinen Tick zu kommentieren.

Nun legt er die Hand auf meine Schulter und sagt: »Wir werden einen ruhigen Morgen haben heute, ich spür das. Und deshalb werde ich dir etwas zeigen, Philipp. Erst ist aber unser üblicher Kontrollgang dran.«

Ich sage: »Okay, Chef.«

Just als wir aus dem Bürocontainer treten, geht die Sonne auf und kämpft sich durch milchige Schlieren. Uwe strahlt übers ganze Gesicht. Er freut sich auf das

Zeigen. In den letzten neun Monaten hat er mir so viel gezeigt, dass man meinen könnte, es gäbe längst nichts mehr zu zeigen. Aber dieser pädagogische Tausendsassa kramt immer wieder Neues aus seiner Beibring-Wundertüte.

Während Uwe den Füllstand des Flaschenkorken-Behälters prüft, denke ich an jene Tage vor neun Monaten zurück. Damals kreuzte ich zum ersten Mal hier in der Gegend auf, ziemlich blauäugig und sehr verwirrt. Frühling war es, die Tage fraßen den Nächten ihre Anfänge und Enden weg, und ich bezog die Wohnung im Bienenstock. Baute mein Billy-Regal auf und füllte es mit den wenigen Büchern, die ich besaß. Leerte die zwei Bananenkartons, die meine Küchenutensilien bargen, drei Säcke mit Kleidern und die Dingskiste. Diese beinhaltete keine Gebrauchsutensilien, sondern bloß eine Sammlung von Dingen, die ich mochte und mit denen ich mich hin und wieder beschäftigte. Während meiner Zeit als WG-Bewohner hatte ich kaum auf sie zurückgegriffen. Stattdessen hatte ich in meinem Zimmer Terrarien unterhalten und haarsträubend komplizierte Mobiles gebastelt, ich hatte Wanderungen in die Wälder rund um die Stadt unternommen und war mit Marmeladegläsern voller Larven, toter Nachtfalter oder Schnecken und mit einer Tüte eingesammelter Silberpapiere zurückgekommen. Daneben hatte ich fleißig die Wohnung geputzt, den Ausführungen meines Lieblings-Mitbewohners Georg über Gott und die Welt zugehört, und ich hatte gekocht. Wobei die anderen Mitbewohner das Essen meist verpassten, weil sie ohnehin kaum zu Hause waren.

Am Tag meines Einzugs in den Bienenstock saß ich lange vor meiner Dingskiste und spürte, dass ich in Zukunft vermehrt von ihr Gebrauch machen würde. Ich nahm das Telefon heraus, ein altes W 48 mit Bakelitverschalung, schraubte die Hörerdeckel ab, pustete sacht über das Kohlemikrofon, löste die Drehscheibe, trennte das Gehäuse vom Innenleben und setzte alles wieder zusammen. Dann nahm ich die weiteren Gegenstände aus der Kiste. Ich legte die kleineren auf den Fenstersims, die größeren auf den Boden.

Frühling war es und ich in dieser Wohnung und wieder allein mit meinen Dingen und diesem Leben, das einem alles Mögliche verspricht und sich dann ins Fäustchen lacht ob der Gutgläubigkeit der Menschen. Ich setze sie unter Druck, hatten meine Mitbewohner geklagt und mir freundlich, aber unmissverständlich die Tür gewiesen. Was ihnen an mir derart zugesetzt hatte, habe ich nie ganz verstanden. Vielleicht war es mein Putzfimmel, vielleicht die Dingskiste und die zahlreichen Experimente, die ich in meinem Zimmer durchgeführt habe. Am Schluss war ich auch noch über die Tatsache gestolpert, dass mir im entscheidenden Moment nie etwas zu meiner Verteidigung einfällt, aber das war mir dann auch egal. Ich war nicht traurig, sie würden mir nicht fehlen. Doch was nun, und vor allem wohin?

Die Geschichte meines Einzugs in den Bienenstock ist so unglaubwürdig wie alle anderen Geschichten, die mein Leben bis dahin geschrieben hatte. Der Exfreund von der Freundin des Sohns meines ehemaligen Lehrmeisters war für ein halbes Jahr auf Weltreise, sie hatte noch immer einen Schlüssel zu seiner Wohnung. Ohne ihn darüber zu unterrichten, packte sie seine Sachen in das winzige Kellerabteil und ich zog bei ihm ein. Billy-Regal, drei Säcke, zwei Bananenkartons, die Dingskiste, und fertig. Wenige Wochen später teilte mir die Exfreundin des Weltreisenden mit, dass dieser eine vietnamesische Reiseleiterin geheiratet hätte und nicht wieder zurückkäme. So wurde ich zum permanenten Bewohner des Bienenstocks.

Da war ich also, und das Leben versprach mir weiterhin das Blaue vom Himmel und ich nahm weiterhin alles für bare Münze. Es war nicht leicht für meine Eltern. »Deine Zukunft fällt dir nicht mal eben so in den Schoß«, sagten sie, und ich dachte: Stimmt doch gar nicht! Ich habe meine Dingesammlung, die Tag für Tag anwächst, ich entdecke laufend neue Ecken in dieser Gegend, und ich habe Mila.

Mila trohnte auf dem Rebhügel oben, alle zwei oder drei Tage stieg ich zu ihr hoch und kroch zu ihr unter die Decke und unter dieser Decke war der Himmel wolkenlos und ich der glücklichste Mensch der Welt. Wenn Mila nicht da war, machte ich mich auf die Suche nach neuen unentdeckten Plätzen. Immer war ich unterwegs, stapfte durch die Gegend, erst den Fluss hinunter und wieder zurück, dann zur Autobahnbrücke und wieder zurück, in jede Himmelsrichtung machte ich meine Erkundungen. Am Fluss entdeckte ich die Ruderer in ihrem hoch eingezäunten Vereinslokal und beobachtete sie beim fröhlichen Umtrunk. Auf dem Sportplatz sah ich den Immigrantenvereinen und denen von der Alternativliga beim Trainieren zu. Auf der anderen Flussseite entdeckte ich eine Trockensteinmauer, auf der sich Eidechsen sonnten, bei der Kläranlage den alten Kanal, wo erste Libellenlarven schlüpften.

Erst ganz am Schluss kam ich zur Tramendschlaufe. Ein Süßigkeiten- und ein Fahrkartenautomat, vier olivgrüne Sitzbänke, eine Magerwiese, zwei Abfalleimer mit Haifischmaul. Auch hier geschah wenig, und doch war eine ständige Bewegung um mich herum. Alle acht Minuten ein Tram, in der Stoßzeit alle sechs. Dann die Autos, mit vollgepacktem Kofferraum in den Recyclinghof einbiegend. Und natürlich die Greise vom Altersheim in ihrer unerschütterlichen Langsamkeit.

Ich mochte den Ort vom ersten Augenblick an. Also zog ich mir eine Packung m&m's aus dem Süßigkeitenautomaten, setzte mich hin und kramte mein neuestes Sammelsurium aus der Jackentasche. Eine Handvoll verlassener Schneckenhäuser, zwei tote Käfer, einen Angelhaken und natürlich die Silberpapiere. Als kleines Kind hatte ich von meiner Mutter gelernt, sie aufzulesen. Stanniol verrotte frühestens nach hunderttausend Jahren, wenn überhaupt, sagte sie immer. Ich hatte diese Gewohnheit meine ganze Kindheit über beibehalten und auch während meiner Teenagerjahre. Jedes einzelne Silberpapier sammelte ich ein und nahm es mit nach Hause. Dort dröselte ich sie alle auf und strich sie mit dem Fingernagel glatt.

Wie ich nun auf dieser olivgrünen Sitzbank saß, mir m&m's in den Mund schüttete und Silberpapiere glatt strich, stellte sich einer vor mich hin und sagte: »Na?«

Heute weiß ich, dass Uwe jeden so anspricht, wobei er den Ton am Schluss fragend anhebt. Was man darauf antworten soll, habe ich noch immer nicht herausgefunden. »Na?«, sagte er noch einmal, setzte sich hin und schaute mich erwartungsvoll an. Ich schüttete mir den Rest aus der m&m's-Tüte in den Mund und sagte nichts.

»Grad nicht viel los, was?«

Ich sagte noch immer nichts.

»Du liest Stanniolpapiere auf«, fuhr er fort.

Ich nickte.

»Und ordnest sie!«

Ich schaute ihn fragend an.

»Ich bin begeistert. Potzblitz, bin ich begeistert! Da haben wir mal einen, der weiß, was die Dinger dem Boden antun. Einen, der auch noch Sinn für Ordnung hat. Kurz, einen wie wir. Nur ist der Maßstab bei uns drüben etwas größer, wenn ich mal so sagen darf.«

Ich drehte den Kopf in Richtung Recyclinghof.

»Kannst dir gar nicht vorstellen, was da jeden Tag bei uns ankommt«, fuhr er fort. »Was in die Häuser der Leute alles reinpasst und ständig wieder rausmuss. Mein lieber Mann!«

»Mein Vater hat auch so ein Haus«, sagte ich.

»Aha, aber du wohnst da nicht mehr, denk ich mal. Hast dein eigenes Büdchen, was?«

Ich nickte.

»Uwe«, sagte er und streckte die Hand aus. Ich schaute sie an, zerknüllte langsam die m&m's-Tüte, streckte ebenfalls die Hand aus.

»Philipp«, sagte ich.

»Du isst zu viel Süßes. Ich seh's dir an. Die Art, wie du das Zeug in dich reinschüttest. Irgendwann rächt es sich, aber keine Sorge, ich will dich nicht belehren. Steht mir nicht zu.«

»Okay«, antwortete ich und blickte auf das gelbe Verpackungsknäuel in meiner Hand. Das nächste Tram kam jaulend in die Endschlaufe gefahren.

»So, ich muss«, sagte Uwe. »Einen schönen Feierabend, wenn ich das augenzwinkernd mal so sagen darf. Man sieht sich.«

Und er ging. Direkt zur vordersten Tür des Trams. Beim Fahrer, der sich eine Zigarette anzündete, blieb er stehen. Ein Geplauder folgte, wenig später stiegen beide ein und das Tram rollte davon.

So hatte Uwe mich gefunden. Ich hätte die Sitzbänke bei der Kehrschlaufe am nächsten Tag meiden können. Aber ich tat es nicht, denn Uwe hatte mich gefunden und ich konnte nichts mehr tun gegen das, was nun folgen würde. Ich wollte auch nicht. Also ließ ich auch meinen nächsten Streifzug durch die Gegend an der Tramendhaltestelle ausklingen, zog mir eine Tüte m&m's aus dem Automaten und setzte mich hin. Leerte meine Taschen, reihte Schneckenhäuser der Größe nach auf und strich Silberpapiere glatt. Und schüttete das süße Zeug in mich rein.

»Na?«, sagte Uwe, als er herankam. Wieder der erwartungsvolle Blick. Ich hob die leere m&m's-Tüte in die Luft, grinste schief und zuckte mit den Schultern.

»Nicht so einfach, das mit den Süßigkeiten, was, Herr Kollege? Aber ich verrat dir etwas. Quasi auf Augenhöhe, ohne Belehrung oder etwas entfernt damit Verwandtes, wenn du verstehst, was ich meine. Bist du bereit?«

Ich nickte.

»Es ist die Langeweile.«

Ich zog die Augenbrauen zusammen.

»Die Langeweile ist eine Leere. Und das Süße füllt sie. Verstehst du?«

Bevor ich zum zweiten Mal nicken konnte, fuhr Uwe fort: »Vielleicht meinst du, du bist unglücklich oder so was. Aber es ist nur die Langeweile, glaub mir.«

Ich schaute die gelbe Tüte an. Ich dachte nach. Dann zerknüllte ich die Tüte und wir saßen wortlos da. Ein Alter kam, griff in das Münzfach des Fahrkartenautomaten und ging. Ein Tram kam und ging. Eine Krähe landete auf dem Bordstein und blieb.

»Und was machst du sonst so?«, fragte Uwe.

Ich zuckte mit den Schultern.

»Nicht gerade viel«, meinte er.

Ich rollte die zerknüllte Packung zwischen den Handflächen. Dann sagte ich: »Ich will niemanden unter Druck setzen.«

»Verstehe. Und deshalb sitzt du hier?«

Ich nickte. Die Krähe flog davon, das nächste Tram kam heran. Wir beobachteten, wie es langsam in die Kehrschlaufe bog.

Uwe sagte: »Wen genau sollst du unter Druck setzen?«

»Meine Umgebung.«

»Deine Umgebung? Und wer hat dir das gesagt?«

»Meine Umgebung.«

Der Tramfahrer stieg aus und biss in einen grasgrünen Apfel. Als er Uwe erblickte, hob er die Hand.

»Hans Müller«, sagte Uwe und grüßte zurück. »Er war früher Hausmeister in einer Schule und hat sechsundvierzig Namensbrüder im städtischen Telefonbuch. Sein Hund heißt Rolf, seine Frau Annegret. Sympathischer Kerl. Seine Umgebung und er leben in der einträchtigsten Harmonie miteinander, und das ist die reine Wahrheit.«

Ich sagte nichts.

Eine Weile lang ließ Uwe stumm seinen Blick auf mir ruhen. Dann stand er auf und sagte: »Morgen zeig ich dir was, in Ordnung?«

Ich nickte. Uwe zwinkerte mir zu, dann setzte er sich in Bewegung. Weiter vorne ließ Hans Müller den Apfelrest in einen der Haifisch-Eimer fallen und leckte seine Finger der Reihe nach ab. Uwe gesellte sich zu ihm, sie wechselten ein paar Worte. Dann stiegen sie ein. Das Tram ächzte sich langsam aus der Kehrschlaufe und rollte weg.

Als Uwe und ich unseren Kontrollgang übers Gelände hinter uns gebracht haben, kommen João und Arturo durchs große Tor. Uwe ruft: »Schau, schau, die Jungs. Fangt ihr schon mal an mit dem Leichtschrott? Ich bin mit Philipp beim Altöl hinten, falls was ist.« Die beiden nicken. Uwe und ich begeben uns zum Altölbehälter.

Jetzt also geht's ans Zeigen. Uwe ist schon ganz ungeduldig. Altöl, hebt er an, spiele bei uns eine untergeordnete Rolle, was er sehr bedauere. Natürlich sei das von der Menge her viel weniger als das Sperrgut und die Elektronikabfälle, aber zu viele Leute würden ihr Fritteusenöl noch immer in den Spülbeckenabfluss gießen, oder in den Garten, manche sogar in den Gully, kein Witz, das habe er mehr als einmal beobachtet. So. Und weil das Altöl bei uns eine untergeordnete Rolle spiele, stehe der betreffende Container weit hinten auf unserem Gelände. Was das Untergeordnetsein des Altöls freilich noch mehr fördere, meint Uwe, und da hätten wir schon den Teufelskreis.

Er klettert auf den schmierigen Behälter, hebt den Deckel an und sagt: »Hast du dir schon mal überlegt, wohin die ganzen Fritteusenreste gehen, die in dem Sieb hier hängen bleiben?«

Ich schüttle den Kopf.

»Hab ich mir beinah gedacht. Drum zeig ich's dir ja. Ein Uwe Löhlein zeigt einem nie etwas ohne Grund.«

Ja, denke ich. Wo der Mann recht hat, hat er recht. Und schon zeigt Uwe mir, wie man mit ein paar Kniffen die Fritteusenreste, also die braunen, grünen und gräulichen Pommesfragmente, die Teigklümpchen und allerlei Undefinierbares, von dem Sieb entfernt, ohne sich dabei die Hände groß schmutzig zu machen. Er zeigt mir auch, wohin man die Reste tut. Das »Wohin?« ist schließlich die Hauptfrage bei uns.

Er lässt mich das Gleiche mit dem zweiten Sieb machen, zum Üben. Nachdem er mir bei den ersten Handgriffen zugeschaut hat, sagt er: »Du bist ein Talent, Philipp. Einfach weitermachen so, bei Fragen laut schreien. Ich guck mal, was der Schau und der Arturro so treiben.« Er geht pfeifend davon.

Seine gute Laune wird nicht lange halten. Denn was der Schau und der Arturro treiben, ist selten das, was Uwe von ihnen erwartet. Das Verhältnis des Recyclinghofchefs zu seinen zwei portugiesischen Mitarbeitern ist eine Geschichte der endlosen Missverständnisse. Dass Uwe es noch nicht mal so weit gebracht hat, den Namen des Älteren richtig auszusprechen, ist bezeichnend dafür. Das Wort João schafft er beim besten Willen nicht, diese drei Vokale sind einfach nicht in eine Reihe zu kriegen. Also lässt er den ersten weg, und der »Schoau« wird zum »Schau«. Lange habe ich gedacht, es sei eine Art Privatwitz, wenn er zur Begrüßung »Schau, schau, der Schau« sagte. Schau selber, also João, stört sich nicht daran. Er hält Uwes Sprache ohnehin für poetischen Expressionismus oder so etwas Ähnliches.

Während Uwe also gucken geht, was die anderen treiben, putze ich das Fettsieb. Es stinkt, es ist ekelhaft, aber ich nehme es Uwe nicht übel, dass er mich damit allein lässt. Es hat schon seinen Sinn, denke ich. Seit ich Uwe kenne, hat fast alles seinen Sinn.

Nach einer Weile richte ich mich auf und begutachte das Ergebnis meiner Arbeit. Die Fettsiebe sind so sauber, wie Fettsiebe es eben sein können. Ich gehe zurück unters große Dach, wo die ersten Recyclingkunden angekommen sind.

Uwe rennt hin und her, João wühlt in der Schrottkiste, Arturo steht mit einem Besen in der Hand da. Dastehen ist im Grunde genommen Arturos Hauptbeschäftigung. Bewegt er sich ausnahmsweise doch mal, wirkt es, als ob er nur eine kurze Pause machen wollte vom Dastehen. Kaum hat man sich's versehen, steht er schon wieder da. Das ist unser Arturo, wir haben uns längst an ihn gewöhnt.

Ich gehe zu den Presscontainern. Auf dem schmalen Rand des äußersten Containers stehend, beobachte ich, wie das sperrige Gut langsam unter dem Pressdeckel verschwindet. »Bei uns sterben die Dinge, um später wie Phönix aus der Asche wiederaufzuerstehen«, sagt Uwe. Schön gesagt, denke ich. Doch wann, frage ich mich, sind die Dinge nicht mehr die Dinge, die sie einmal waren? Irgendwann sind sie etwas anderes geworden, aber an welchem Punkt haben sie angefangen, dieses Andere zu werden?

Für jeden Schritt in der langen Verarbeitungskette, an deren Anfang unser Recyclinghof steht, kennt Uwe einen Namen, aber auf meine Frage, nach welchem Schritt die Dinge nicht mehr die Dinge sind, die sie waren, weicht er aus. Man müsse das so sehen, sagt er: Die meisten Dinge seien zusammengebaut aus kleineren Dingen. Eine Tischlampe zum Beispiel bestehe aus Federn, Stangen, Schräubchen, einem Fuß, einem Schalter, der selber wiederum aus kleineren Dingen bestehe, und so weiter.

Ein Ding sei also nur auf Zeit dieses Ding. Und auch in dieser Zeit sei es immer nur zum Teil dieses Ding. »Das Schräubchen, nur mal als Beispiel, lieber Philipp, das Schräubchen ist zwar Teil der Lampe, aber es bleibt dennoch ein Schräubchen, da sind wir uns doch einig. Denn wenn es als Teil der Lampe kein Schräubchen mehr wäre, würde die Lampe augenblicklich in Stücke gehen und wäre keine Lampe mehr. Anders ausgedrückt: Die Lampe ist nur deshalb eine Lampe, weil sein Schräubchen ein Schräubchen bleibt, verstehst du?« Ja, das heißt nein. So richtig verstand ich die Sache noch immer nicht.

Ein Lattenrost, der lange ruhig in dem Gewühl gelegen hat, bäumt sich in der Luft auf. Der Pressdeckel hat ihn erwischt. Er wackelt, dann kracht es und er sinkt langsam in die Tiefe, verschwindet zwischen Matten aus Schaumgummi, Katzenkörben aus Rattan und Sitzpolstern aus Baumwolle. Einmal im Presscontainer gelandet, gibt es für die Dinge kein Entkommen. Es sei denn, João kann sie für sein Nebengeschäft gebrauchen. Dann springt er in die rumorende Tiefe und rettet sie vor ihrem Schicksal.

Die Maschine unter meinen Füßen vibriert angenehm. Ich lasse meinen Blick übers Areal schweifen, sehe die Alten, die auf den Sitzbänken bei der Kehrschlaufe auf das Ende ihrer Wartezeit warten, und gerate schon wieder ins Grübeln. Erneut denke ich an die Zeit vor neun Monaten, an den Frühling, als Uwe mich fand.

Auch am nächsten Tag setzte ich mich nach meinem Erkundungsgang auf die Bank an der Haltestelle. Stundenlang saß ich da, knabberte m&m's, wackelte mit den Zehen und ließ die Sonne mein Gesicht wärmen. Wie eine Heuschreckenplage jagten die Fragen, die mein Vater bei meinem letzten Besuch in den Raum gestellt hatte, durch meinen Kopf: Wo steckt der Sinn in deinem Tun? Wann gedenkst du deine abgebrochene Lehre wieder aufzunehmen? Wie kann ich dir helfen?

Als ich aufstehen wollte, um mir eine zweite Packung m&m's aus dem Automaten zu holen, ertönte hinter mir ein gellender Pfiff. Ich drehte mich um. Hinter dem hohen Zaun des Recyclinghofs stand Uwe und winkte mich mit einer Stehlampe heran.

»Na?«, sagte er, als ich vor ihm stand, und ich antwortete: »Na?« Er bat mich herein und ging zu den großen Blechbehältern. Ich trabte ihm hinterher.

»Presscontainer«, sagte er, als wir davorstanden.

»Okay«, antwortete ich.

»Wiederholen bitte!«

»Presscontainer«, wiederholte ich.

»Gut gesagt.«

Er kletterte auf den mittleren der drei Presscontainer. Eine schnelle Handbewegung meinte wohl, dass ich es ihm nachtun solle. Wir stellten uns auf den Rand des Presscontainers und schauten in das Maul hinunter. Dann zog Uwe an einem Hebel. Es summte und der Container begann, sperriges Gut in sich hineinzupressen.

»Schau genau hin«, sagte Uwe.

»Okay«, sagte ich. Und schaute genau hin.

Ich wusste noch immer nicht, was er mir zeigen wollte, denn er hatte es mir nicht verraten. Aber im Grunde genommen spürte ich bereits da den Sinn von allem herannahen.

»Sperrgut«, sagte er. »Wiederholen bitte!«

»Sperrgut.«

»Genau.«

»Sperr, weil es sperrig ist«, sagte ich, »aber warum Gut?«

»Alles, was ist, ist gut«, lautete Uwes Antwort. »Das Seiende ist grundsätzlich dem Nicht-Seienden vorzuziehen. Sagten schon die alten Griechen. Klar?«

Ich nickte.

Sonnenklar war es, und der Sinn von allem näherte sich beständig und begrüßte mich mit einem heiteren Lächeln. Ich war überrascht. Aus dem Sinn hatte ich mir nie viel gemacht, schon gar nicht hatte ich ihn gesucht, doch jetzt, wo er sich blicken ließ, fand ich ihn gar nicht mal so unsympathisch. Ich schaute dem Container beim Würgen und Pressen zu. Uwe schaute mir beim Zuschauen zu.

»Wie eine Geburt, aber umgekehrt«, sagte ich.

Uwe runzelte die Stirn. Dann räusperte er sich leise und wandte den Kopf ab. Plötzlich verwandelte sich das Summen unter uns in ein Jaulen. Uwes Gesicht hellte sich auf.

»Das kommt wie gerufen«, verkündete er begeistert und legte den Hebel um. Das Jaulen verstummte.

»Manchmal klemmt's. Dann greifen wir ein.«

Er sprang hinunter und kam mit einem Hammer in der Hand zurück.

»Pass auf!«

Er kroch im Sperrgut herum und schlug mit dem Hammer auf etwas, das wie ein Winkeleisen aussah und im Spalt zwischen der Pressklappe und der Containerwand klemmte.

»Hast du gesehen?«, rief er.

»Toll!«

»Geht nur mit Fingerspitzengefühl!«

»Da hat wohl einer sein Metier im Griff.«

»Kannst du laut sagen. Und zwar von der Pike auf.« Er kletterte auf den Rand zurück und warf den Hebel um. »Uwe Löhlein kennt keine halben Sachen.«

Mit einem Klatschen wischte er sich die Hände ab. Wir schauten wieder in den Schlund hinab, es würgte, knackte und knarrte. Es war herrlich.

So ging es ein paar Tage lang weiter. Jeden Abend holte Uwe mich in den Hof für einen Rundgang. Jedes Mal entließ er mich, ohne mir erklärt zu haben, warum er all dies tue. Aber ich wusste, Uwe brachte mir etwas bei, das Zeit benötigte, das keine vorschnellen Erklärungen ertrug. Es hatte einen Sinn, der erst langsam einen Namen bekäme.

Ein dicker Wassertropfen landet auf meinem Kopf, ich blicke hoch. Ein Leck im Dach? Ich kratze mich an der nassen Stelle, schaue mich um. Vorne auf der Straße fährt ein Lkw mit dem Schriftzug *Take Off – Hartmeiers fliegender Teppich* vorbei, neben dem Presscontainer hat sich eine verwehte Düne aus Styroporgranulat aufgebaut. Jetzt aber fertig geträumt, denke ich und springe vom Container hinab.

Als ich zum Besen greife, um sauber zu machen, winkt Uwe mich mit einem alten Wählscheibentelefon in der Hand zu sich. Hinter ihm steht João und schielt auf den Apparat.

»Philipp, sei bitte so gut und hilf der Dame mal«, sagt Uwe zu mir und zeigt mit dem Kinn auf eine Frau mittleren Alters, die neben ihrem Auto am Boden kniet und seufzend in einer großen Plastiktüte wühlt.

»Picobello, der Apparat«, murmelt João hinter Uwes Rücken.

Uwe dreht sich um. »Ja, schon möglich. Wie sieht's eigentlich aus beim Leichtschrott drüben, mein lieber Schau? Seid ihr da fertig mit?«

»Fix und fertig, Chef. Gibt übrigens viele Liebhaber von solche Apparate. Würden viel, sehr viel von ihr Portemonnaie herausblättern für Schmuckstuck von Bijou wie das.«

»Ja, weiß ich. Aber wir können nicht immer ...«

»Warum nicht?«

»Weil das Abfalldiebstahl wäre, Schau. Und das kann ich nicht zulassen, sonst bin ich meinen Job los. Hab ich dir schon hundert Mal erklärt. Ende der Durchsage.«

»Ja, stimmt. Hundert Mal erklärt und trotzdem nirgendwo keine Logik dabei. Dümmstes Gesetz von die ganze Welt, aber was willst du, der Mensch kann nicht besser«, erwidert João. Dann zwinkert er mir zu und sagt: »Also, gib her, Chef, bring ich das Telefon zum Elektrocontainer.«

Uwe lässt das Wählscheibentelefon hinter seinem Rücken verschwinden und guckt João böse an. »Mein lieber Freund, das kann ich nicht zul...«

»Mein lieber Freund und Chef, Arbeit wartet. Wegen Zulasse und so können wir später diskutieren drüber. Ende Durchsage. Also, gibst du mir Schrott-Apparat oder gibst du nicht?«

Uwe wirft einen Blick zu mir herüber. Ich zucke mit den Schultern. »Ach, nützt ja eh nichts«, murmelt er. Und reicht João das Telefon.

Ich wende mich der verzweifelten Dame zu, die noch immer über ihrer Plastiktüte kauert. »Kann ich Ihnen helfen?«

»Ich muss die doch erst mal sortieren!«

»Was müssen Sie erst mal sortieren?«

»Na, die ganzen Buttons hier.«

Sie hält mir einen runden »Atomkraft? Nein danke«-Anstecker mit roter Sonne auf gelbem Hintergrund hin.

»Aber wir sortieren die gerne für Sie«, sage ich. »Dafür sind wir da. Recycler sind nichts anderes als professionelle Sortierer. Sagt jedenfalls mein Chef.«

Die Frau scheint mich nicht zu hören. Sie hält ihren Kopf in die Tüte und jammert: »Dreißig Jahre Arbeit ... alles immer aufgehoben ... alles ... allesallesalles.«

»Ja, es kommt ganz schön was zusammen im Lauf der Zeit, nicht?«, sage ich freundlich.

Ihr Kopf sinkt noch tiefer in die Tüte. Ich höre ein unterdrücktes Schniefen. »Eine Ordnung muss da erst mal ... das geht doch nicht so ... die kann man nicht auf einen Haufen ... man muss die erst gründlich ... gründlich ... gründlich ...«

Ihr schmächtiger Körper fällt wie ein ungeordnetes Bündel von harten und weichen Gegenständen auf den Boden. Ich beuge mich zu ihr hinunter: »Hallo?«

Keine Antwort.

Ich ziehe ihren Kopf aus der Tüte. Die Augen sind nur noch als Schlitze zu sehen.

»Hallo, geht's Ihnen gut?«

Keine Antwort.

Arturo kommt herbei, geht zu dem offenen Kofferraum, in dem noch weitere Tüten stehen. Als er eine davon mit dem Zeigefinger antippt, kippt sie und erbricht eine Ladung bunter Buttons auf den Asphalt. Er sagt: »Sortieren sich von allein für die Dame, die Dings-wieheißen-keine-Ahnung.« Er grinst.

Ich schiebe meine Jacke unter den Kopf der Frau, fühle

ihr den Puls. Noch im grünen Bereich, glaube ich. Ich binde ihr die Schuhe auf, keine Ahnung, warum. Irgendwas muss man ja tun. Arturo räuspert sich und zeigt auf ihren Kopf. Eine Träne läuft ihr quer über das Gesicht. Dann geht eine Bewegung durch ihren Körper, es ist wie ein Zittern in Zeitlupe.

»Ich kann das nicht«, flüstert sie. »Ich kann das einfach nicht.«

Arturo und ich schauen uns an.

»Er hat gesagt, ich muss es selber machen, um meine Sucht zu überwinden ... das hat er gesagt ... Sucht ... Sucht hat er gesagt ... aber ich kann es nicht ... ich glaub, ich sterbe ... man muss die vorher auf jeden Fall sortieren ... das geht doch nicht, die einfach so in einem Haufen ... dreißig Jahre lang hab ich sie aufgehoben ... die muss man erst richtig sortieren, sonst ... sonst ...«

»Ja«, sage ich. »Sortieren ist definitiv die Hauptsache.«

Minuten später habe ich die Frau dazu gebracht, sich an den Zaun zu setzen. Um uns herum das Rumpeln und Rumoren der Recyclingkunden. Die Frau sieht noch immer hundeelend aus. Ich bitte Arturo, ein Glas Wasser für sie zu holen, knie mich vor sie hin und lege meine Hand auf ihre Schulter. Die Frau sagt: »Ich sterbe.« Ich halte sie fest. Sie stirbt nicht.

Endlich kommt Arturo mit dem Wasser. Die Frau trinkt das Glas in einem Zug aus und wischt sich den Mund ab. Dann sagt sie mit fester Stimme: »Man muss sie sortieren. Man muss!«

»Ja«, sage ich. »Auf jeden Fall.«

»Sie tun es!«

»Wie bitte?«

Sie zeigt auf mich. »Sie, junger Mann, Sie können es.

Sortieren Sie für mich die Buttons, bevor Sie sie wegschmeißen! Bitte! Mein Mann schickt mich zum Teufel, wenn ich sie zurückbringe.«

»Versprochen«, sage ich. »Ich sortiere die Buttons.«

»Zu meinem Mann kein Sterbenswörtchen.«

Arturo sagt: »Wir schweigen wie ganze Friedhof. Ehrenwort!«

Als ich die Tüten in die Pausenbaracke bringe, blubbert in der Ecke Joãos Kaffeemaschine leise vor sich hin. Schnurstracks baut sich vor meinem geistigen Auge die Szene von damals auf: ein schmaler Tisch, zwei dampfende Tassen, über dem Dampf treffen sich ein erwartungsvoller und ein zögerlicher Blick. Schon wieder, denke ich. Schon wieder zieht es mich in jene Zeit, als alles begann.

Es war am fünften Tag, als Uwe mich nach seiner Zeigestunde in den Bürocontainer bat. Er schaltete die Kaffeemaschine ein und stellte eine verbeulte Zuckerdose auf den Tisch. Ich betrachtete die Postkarten aus Madeira, Rimini und vom Schloss Neuschwanstein an der Wand.

»Setz dich«, sagte er.

Die Kaffeemaschine fauchte. Uwe schaute mich erwartungsvoll an. Ich grinste verlegen zurück.

»Na, wie gefällt's dir?«

»Gemütlich.«

»Was ich dir draußen gezeigt habe, meine ich. Die ganze Anlage. Sag schon!«

»Sehr aufschlussreich«, antwortete ich.

»Hab ich's doch gewusst«, sagte Uwe und schlug die rechte Faust in die linke Hand, »hab ich's doch gewusst,

Mensch!« Er drehte sich um und holte zwei Tassen aus einem winzigen Wandschrank.

»Absolut zweifellos und im allerhöchsten Grad aufschlussreich«, schob ich hinterher, und Uwe haute erneut die rechte Faust in die linke Hand. Dann schenkte er Kaffee ein, schob mir die Zuckerdose hin. Ich schaufelte drei gehäufte Löffel in meine Tasse und rührte um.

»Genau so einen wie dich brauche ich«, sagte Uwe. »Genau so einen. Menschenskind!«

Ich legte den Löffel hin, schlürfte.

»Die Kollegen, die du getroffen hast«, fuhr Uwe fort, »der Schau und der Arturro. Zwei super Typen. Das mediterrane Element, das sie reinbringen. Das ist mir extrem wichtig, weißt du? Ich bin ja aus Enerwee, genauer gesagt Dormagen, aber ein durch und durch interkultureller Mensch.«

Ich nickte.

»Aber so einen wie dich, genau so einen brauch ich noch. Dann sind wir ein unschlagbares Quartett, ich sag's dir, dann sind wir ...«

»Die fantastischen Vier?«

Er schlug auf die Tischplatte und rief: »Leck die Ziege, Philipp! Ich könnt's nicht besser ausdrücken.« Ich zuckte zusammen, Uwe breitete seine Arme aus, sagte feierlich: »Steig ein in unser Boot.«

Ich wollte kurz nachdenken, bevor ich antwortete. Vor einer großen Entscheidung muss man alle Vor- und Nachteile innerhalb von fünf Minuten abwägen. So hat's mir mein Vater beigebracht. Aber mir fiel weder ein Vor- noch ein Nachteil ein.

»Was hast du zu verlieren? Jetzt mal ehrlich«, sagte Uwe. »Sag Ja, Philipp. Sag einfach nur Ja.«

Ich stellte die Tasse hin. Ich holte Luft. Ich sagte: »Ja.«

Uwe lehnte sich zurück und strahlte. Wir wussten beide, dass er jetzt mein Mentor war und ich sein Hoffnungsträger.

3

Ich blicke aus dem Fenster, in meiner Hand dampft eine Tasse Tee. Die Aussicht mit den kahlen Pappeln, dem Schornstein und der großen Brücke wirkt hinter den glasigen Fäden des Regens wie ein verblichenes Gemälde. Ein Mann in triefender Kleidung hastet über die Straße. Ich stelle mir vor, wie er in Kürze zu einer blassgrauen Wasserspur zerlaufen sein wird.

Mitte Februar. Es ist viel zu warm für diese Jahreszeit, so warm, dass man im Pulli nach draußen gehen könnte. Da es aber in Strömen regnet, sitze ich auf meinem Sofa, das aus Kissen und alten Europaletten vom Recyclinghof besteht, und trinke heißen Tee. Während mein Blick sich wie ein Affenmensch durch die Regenlianen hangelt, denke ich an Mila. Kaum lasse ich ihre Stimme in meinem Kopf erklingen, geht eine elektrische Welle von Ich-weiß-nicht-was durch meinen Körper. Zwei oder drei Mal hintereinander funktioniert das, dann verblasst der Effekt. Ich denke an Milas Körper und stelle mir vor, wie meine Hand ihren Rücken hinunterfährt, über ihren Hintern und die Oberschenkel gleitet. Wieder das Ich-weiß-nicht-was in den Fasern meines Körpers, und wieder verblasst der Effekt.

In zwei Stunden werde ich sie wiedersehen. Ich werde über die Brücke beim Stauwehr gehen und den Rebhügel hochsteigen. Auf der Anhöhe angekommen, werde ich nur noch am Pfarrhaus vorbei und über die Straße müssen, hin zu dem halb mit Efeu überwucherten, graubraun verputzten Haus. Ich werde klingeln, Mila wird im Türspalt erscheinen, und sie wird rufen: »Endlich!« Ich werde eintreten, sie wird die Tür hinter uns schließen und dann wird alles sehr schnell gehen.

Nachdem ich den Tee ausgetrunken habe, greife ich nach einer der Plastiktüten mit den Buttons. Ich habe sie noch immer nicht weggeworfen. Als die verzweifelte Frau an jenem Tag endlich gegangen war, sagte Arturo: »Tüten kräftig durchschütteln und schon ist sortiert. Ganz einfach. Dann fortschmeißen. Auch einfach.« Ich blickte ihn an und nickte. Aber ich fand es dann doch nicht so einfach. Ich hatte der Frau schließlich etwas versprochen.

Ich klaube eine Handvoll Buttons aus der Tüte und breite sie vor mir aus. Auf vielen sind die altbekannten Sprüche zu lesen: »I love NY«, schwarz auf weiß, mit einem roten Herzen als Liebesverb, »Free hugs!« in quietschgelben Lettern, »St. Pauli Südkurve« über einem Totenkopf, »11 Freunde sollt ihr sein« in Weiß auf grasgrünem Hintergrund, »Nonsens statt Konsens«, »Arbeit ist der Untergang der trinkenden Klasse« und so weiter. Dann gibt es allerlei Gesichter von Männchen, Weibchen und Fantasiewesen, Smileys, Teufelchen, Schlümpfe, eine Tigerente, so etwas Ähnliches wie ein Pirelli-Mann, lachende Sonnen, einen dösenden Mond, eine augenzwinkernde Sternschnuppe und zahllose schmal- und dicklippige Grinsefratzen. Wieder andere Buttons präsentieren dem Betrachter Fotos von Katzen, Hunden, Wellensittichen, Menschen, Meerschweinchen.

Soll ich sie nach der Größe sortieren oder nach Motiven? Besser nach Farben? Oder am besten nach allem zusammen, sodass ich am Schluss ganz viele Haufen habe wie »Gesicht, klein«, »Gesicht, groß«, »Smiley, groß, gelb«, »Smiley, klein, gelb« und so weiter? Wahrscheinlich würde die Frau am liebsten sämtliche Ordnungsmethoden, die sich nur denken lassen, gleichzeitig anwenden wollen. Ich verstehe sie sehr gut. Keine Ordnung auf der Welt wird allen Dingen gerecht. Überhaupt lassen sich diese Buttons kaum richtig recyceln. Selbst wenn man sie, wie Arturo empfiehlt, erst mal kräftig durchschütteln würde. Jedes Ding, das bei uns abgegeben wird, ist ein Mischding. Ich weiß in der Regel trotzdem, wo es hingehört. Weil das mit unseren Abnehmern vereinbart wurde. Ein Gartenstuhl aus Eisen und Holz kommt woanders hin als ein Gartenstuhl aus Eisen und Plastik. Und wenn ich es mal nicht weiß, frage ich Uwe. Aber was würde er zu den Buttons sagen?

Ich beschließe, sie nach Gefühl zu sortieren und zu schauen, was dabei herauskommt. Als erste Übung. Später werde ich sie wieder auf einen Haufen werfen und neu anfangen. Ich werde mir Zeit dafür lassen. Die Buttons der Frau sollen in guten Händen sein, bevor sie entsorgt werden.

Vielleicht ist es das Trommeln des Regens, das mich einschläfert, vielleicht meine tageszeitbedingte Dösigkeit. Jedenfalls fallen mir schon nach wenigen Minuten die Augen zu. Die Buttons beginnen, über einen schwarzen Himmel zu schweben, fügen sich in eine absurde Reihenfolge, immer länger wird der Rattenschwanz von Blasen mit Sponti-Sprüchen, Polit-Parolen und Smileys, und dann löst sich auch diese Ordnung auf, und ich schlafe ein.

Als ich aufwache, hat der Regen nachgelassen. Ich ziehe Jacke und Schuhe an und verlasse die Wohnung. Im Treppenhaus höre ich weiter unten jemanden ein Lied summen. Es ist der Schöberli. Ich möchte ihm jetzt lieber nicht begegnen. Wenn der Schöberli mich sieht, komme ich die nächste halbe Stunde nicht aus dem Haus. Also halte ich inne und lausche. Ich höre seine Schritte, ein Schlüsselklimpern, ein Knirschen, eine Türklinke. Die Tür geht zu, das Summen und die Schritte verstummen. Ich setze mich wieder in Bewegung.

Schnell raus aus dem Haus und gleich weiter. Modelldampfzuganlage, Brücke, Insel, noch eine Brücke, dann den Hügel hoch. Zwanzig Minuten, und ich werde bei Mila sein.

Die Geschichte von Mila und mir ähnelt der Fabel meines Einzugs in den Bienenstock. Zum ersten Mal traf ich sie, als ich noch in der WG wohnte. Sie gehörte zu jenen Leuten, die mindestens einmal die Woche herbeiströmten und die ganze Wohnung in Beschlag nahmen. Ich habe nie ganz begriffen, wie das funktionierte. Mit einem Mal wurde das Haus von einer Geschäftigkeit eingenommen, und schon kamen auch die von außerhalb, alle, die zum engen oder erweiterten Kreis der Stubengemeinschaft gehörten, und ich sah ihnen zu, wie sie die Party in Schwung brachten. Hier wurde Musik angemacht, da mixte man Getränke, und schon entstand wie aus dem Nichts das eine Gespräch, zu dem alles herandrängte, und ich stand mittendrin und hatte dennoch keine Ahnung, worum es ging.

Ich war ein Außenseiter. Mila schien das genaue Gegenteil von mir zu sein. Eine von denen, die immer in der besten Ecke saßen. Eine von denen, die die besten Sprüche machten, ohne viel Worte zu verlieren. »Es gibt eine ganz bestimmte Art von Frau, bei der das cool ist, und Mila gehört definitiv zu diesen Frauen«, verriet mir der WG-Häuptling Georg einmal zwischen Kühlschrank und Sofa.

»Und was ist das für eine Art?«, fragte ich.

»So eine ganz bestimmte. Schwierig zu sagen«, raunte Georg. Dann blies er über die Öffnung seiner Bierflasche, sodass es rauchig hupte, und ließ sich auf das Sofa fallen.

Ich komme am Fluss an. Die zwei Brücken hier dienen als Stauwehr, das die Wassermenge für das Kraftwerk weiter unten reguliert. Bei der ersten Brücke fließt das Wasser eine schräge Ebene hinunter und bildet am Ende eine tosende Walze. Sie mahlt heute einen Holzklotz, eine Kindergießkanne und einen Fußball. Fußbälle sind überhaupt ihr liebstes Spielzeug. Sie kommen von der Sportanlage weiter oben, wo Arturo zweimal die Woche trainiert. Galatasaray Altstetten heißt sein Klub. 4. Liga Ost, Gruppe 6. Als Uwe um eine Erklärung bat, warum er als Portugiese bei Galatasaray Altstetten spiele, ob es denn kein Benfica Altstetten oder wenigstens Real Altstetten gebe, sagte Arturo: »Galatasaray hatte Vakanze auf 4er-Position, hier hast du Warum.« Aha, ob er denn ein ausgebildeter Position-4-Spieler sei, fragte Uwe weiter. Nein, ausgebildet nicht, erwiderte Arturo, aber als er vernommen habe, dass Galatasaray eine Nummer 4 brauche, habe er sich gedacht, dass ihm die 4 eigentlich genau passe. »Und was, wenn die 5 vakant gewesen wäre?«, rief Uwe. »Was wenn, was wenn, können wir lange nachdenken drüber, am Schluss gibt's doch kein Unterschied«, fiel João ein, »sag ich immer: Schicksal ist ein Hobel und hobelt alles gleich.«

Ich schaue der Walze bei der Arbeit zu. Was für eine maßlose Pedantin sie ist! Nicht die kleinste Pause erlaubt sie ihrem Mahlgut. Ich drücke den Baumstämmen, Gießkannen und Fußbällen die Daumen und denke: Ihr schafft das, gebt bloß nicht auf! Aber, ob ich es nun zugeben will oder nicht, in mir drin hockt zugleich ein fieser Walzen-Komplize. Dieser drückt dem tosenden Wasser die Daumen und denkt: Und noch mal feste drauf, und noch einmal und dann gleich noch einmal, dass die bloß kein Oberwasser bekommen! Es ist wie im Fernsehen, wenn ein Politiker, der über Leichen geht, vom Moderator in die Mangel genommen wird. So wie alle anderen Zuschauer will ich ihn leiden sehen, doch ein unverwüstlicher Halunke in mir drin hofft, dass er davonkommt.

Mit einem Ruck löse ich mich von der hypnotischen Walze und gehe weiter, auf die Insel und die zweite Brücke zu. Zum Hügel mit dem grau-braun verputzten, halb mit Efeu überwucherten Haus. Zu Mila.

Damals in der WG war das ganz anders. Im Trubel der spontanen Partys bewegte ich mich vorerst kaum, schon gar nicht auf Mila zu. Stattdessen beobachtete ich das Treiben der Herbeiströmenden und musste dabei immer an Vogelschwärme denken. Es gab keine Anführer und doch schien alles nach einem bestimmten Gesetz abzulaufen. Wie ein Ornithologe lauerte ich, spürte Regelmäßigkeiten und Abweichungen auf, erstellte im Geiste Ein- und Ausflugtabellen. Ich hätte ewig so weitermachen können. Wäre da nicht Mila gewesen. Ihre ganz bestimmte Art, von der Georg gesprochen hatte, ließ mir keine Ruhe.

Schleichende Umgarnung muss es sein, mit Witz und Charme, dachte ich und hatte keine Ahnung, wie ich es anstellen sollte. Vor lauter Ratlosigkeit griff ich zum Mittel der plötzlichen Überrumpelung. Natürlich wusste ich, dass diese peinlich enden musste. Aber da war doch dieser Film, den ich kürzlich gesehen hatte, ich konnte mich nicht mehr an den Titel erinnern, doch ich wusste noch gut, dass die Überrumpelung der Auserwählten in einem Debakel geendet, aber auch, dass es ein Nachspiel gegeben hatte, und das war ein glückliches gewesen, ein sehr glückliches sogar. Also baute ich meine ganze Hoffnung auf das Nachspiel. Bei der nächsten Schwarmzusammenkunft machte ich einen beherzten Schritt auf Mila zu und sagte: »Sitzt eine Kuh auf der Parkbank und strickt sich ein Fahrrad. Kommt ein Polizist vorbei und sagt: ›Angeln ist hier verboten.‹ Antwortet die Kuh: ›Was interessieren mich die Erdbeerpreise. Ich hab doch Gummistiefel an!‹«

Mila lachte, dann erwiderte sie: »Ich glaub fast, den hab ich schon mal gehört.«

Ja, sie hatte diese ganz bestimmte Art, ich spürte es, dazu einen umwerfenden Akzent, den ich nicht einordnen konnte, und als sie den Blick durch den Raum schweifen ließ, war es sofort um mich geschehen. Diese Linie vom Kinn über die Kieferknochen bis hinauf zu den Ohren, dieser kraftvolle und doch sanfte Bogen, ich hatte so etwas noch nie gesehen. Und dieser Schatten darunter, und dieses hauchfeine Schimmern darüber, und dann die Nase, dieses unerhört liebliche Rümpfen, wenn die Frau lächelt … Ich starrte sie mit offenem Mund an, und dann kam auch schon der Nächste, schob seinen Rücken zwischen das unerhört liebliche Rümpfen und mich und sagte irgendwas Blödsinniges, und schon wieder griff das alte Gesetz in das Geschehen ein, Drinks wurden herumgereicht und ein neues Gespräch zog die allgemeine Aufmerksamkeit auf sich. Und ich stand wieder einmal mittendrin und begriff noch immer nichts.

Ich gehe über die zweite Brücke. Von der anderen Seite her nähert sich jemand. Der Typ ist ungefähr in meinem Alter. Er kommt mir irgendwie bekannt vor. Sein Körper ist vage, wie verblasen. Aber das Gesicht selber, glasklar! Er blickt mich an, ich blicke zurück und frage mich, wann und wo, während wir stumm aneinander vorbeigehen. Dann ertönt hinter mir seine Stimme: »He, du!«

Ich drehe mich um. »Ich?«

Der andere nickt. »Ja, du. Philipp?«

Diese Stimme. Aber ja doch!

»Jonas!«, rufe ich.

Er strahlt. Ich gehe auf ihn zu. Er sagt: »Mann, Philipp, ich glaub's nicht! Wie lange ist es her?«

»Weiß nicht. Lange jedenfalls.«

Wir lachen.

»Zehn Jahre? Zwölf?«

»Über den Daumen gepeilt, ja.«

Wieder lachen wir.

Er: »Damals!«

Ich: »Ja. Damals.«

Lachen. Pause.

Kinder waren wir, knapp noch, mit einem Bein in der Pubertät. Jonas nie ohne seine zwei Freunde unterwegs. Samuel, der Große. Tom, der Kleine. Durch dick und dünn gingen die drei, tagaus, tagein. Ich beneidete sie um ihre Freundschaft. Ich hatte nur Nico. Er brauchte einen Fußballfreund, ich einen Bastelfreund. Wir sahen ein, dass das nicht der schlechteste Deal war, und erwiesen uns gegenseitig den Dienst. Aber Jonas, Samuel und Tom! Sie galten als kauziges Trio, doch das machte ihnen nichts aus. Jonas muss elf oder zwölf Jahre alt gewesen sein, als er mit seiner Mutter wegzog.

»Und?«, fragt er. »Was machst du so im Leben?«

»Ach, dies und das. Meistens dies. Manchmal das. Ab und zu etwas ganz anderes.«

»Bei mir genau dasselbe. Ich wohn übrigens gleich um die Ecke.«

»Ich auch. Wo genau du?«

»Auf der Insel. Im Gebäude, das mal eine Fabrik war. Dort!«

Er zeigt auf das Gebäude. Ich nicke und sage: »Ich in der Grünau drüben. Dreihundertachtzehn Wohnungen unter einem Dach. Ich nenne es den Bienenstock.«

»Könnt ich nie.«

»Dacht ich früher auch. Bis ich drin war. Die Katze meines Nachbarn gibt mir nachts Kratzzeichen durch die Wand. Wir haben uns noch nie gesehen und sind dennoch beste Freunde.«

»Krass«, sagt Jonas und grinst. »Mein bester Freund im Haus ist eine Fledermaus. Ich nenne sie Che, weil sie von Natur aus subversiv ist.«

»Von Natur aus?«

»Ja, sie ruht kopfüber und denkt sich dabei wohl so einiges über die Welt. Che ist mein absolutes Vorbild. Zumindest in künstlerischer Hinsicht.«

Jonas war damals eine Klasse tiefer als ich. Immer mit den anderen beiden unterwegs, aber sonst ein unauffälliger Typ, ein Beobachter. Und heute? Ein Fledermauskünstler oder einfach nur ein aufgeblasener Angeber?

Er setzt sich auf das Geländer der Brücke und sagt: »Vielleicht besuch ich dich mal im Bienenstock. Oder du kommst zu mir in die alte Fabrik. Ich muss jetzt, sonst frier ich mir einen ab. Einen Gruß deiner Katzenfreundin. Tschau.« Dann springt er ins Wasser.

Erst jetzt wird mir bewusst, dass Jonas die ganze Zeit nichts als eine Badehose anhatte. Ich habe bloß sein Gesicht gesehen. Bis er seinen Kopfsprung machte und mit einem Zischen ins Wasser schoss. Da schwimmt er nun, die Strömung des Kanals zieht ihn schnell weg. Ein Winken noch, das Lachen eines Wassergeists, dann verschwindet er unter den herabhängenden Zweigen einer kahlen Weide.

Ich setze meinen Weg fort. Über die Straße und steil den Rebhügel hoch. Hier wachsen die Trauben für den städtischen Wein, wie eine Infotafel verkündet. Drei Hektar Weinstöcke an idealer Hanglage. Linker Hand Haselsträucher, ihre langen Ruten zum Himmel streckend. Ich denke an die Jahre, als ich jeden Frühling die besten Haselruten ausfindig machte, um Pfeilbögen daraus zu basteln.

Vom steilen Aufstieg wird mir warm. Trotzdem beschleunige ich meinen Gang. Bald, Mila, bald bin ich bei dir. Ich klingle, du machst die Tür auf, und dann geht alles ganz schnell.

Und damals? Langsam ging alles, geradezu pomadig. Die Schwarmzusammenkünfte in der WG nahmen kein Ende, ich war immer dabei, Mila auch. Ich da, sie dort. Stets schien sie in der besten Ecke zu sitzen. Wenn sie sich doch mal bewegte, nahm sie ihre beste Ecke einfach mit, auf den winzigen Balkon, wo die Raucher sich auf den Füßen standen, oder in die Küche, wo eine Splittergruppe mit Resten aus dem Kühlschrank experimentierte. Kurz: Die beste Ecke war stets der Ort, wo Mila sich gerade aufhielt.

Ich sah sie, und sie sah mich auch. Auch dann, wenn ich nicht damit rechnete. Wenn einer sie ansprach zum Beispiel oder wenn sie jemandem etwas ins Ohr flüsterte. Ich schaute zurück und ging im Kopf Möglichkeiten durch, wie ich sie ein zweites Mal ansprechen könnte, und konnte mich auf keine festlegen. Ich dachte: Keine Sorge, Kumpel, Mut braucht Zeit, der richtige Augenblick wird kommen. Es ist wie auf dem Fünfmeterbrett im Schwimmbad. Du stehst da oben, gehst zum Rand, guckst hinunter, gehst wieder zurück, hin und her, minuten- vielleicht sogar stundenlang, doch irgendwann kommt der Augenblick, in dem du der Angst ein Schnippchen schlägst.

Auch sonst war meine Zeit in der WG eine Zeit, in der ich meinen Mut in tausend Portiönchen aufteilte. Ich sammelte Hosentaschenerfahrungen, half hier und dort aus, ging stets kurze Wege, und meine Gedanken waren schlank und agil wie junge Sardinen. Das bisschen Geld, das ich zum Leben brauchte, verdiente ich, indem ich auf der Straße Unterschriften für politische Initiativen sammelte und neue Mitglieder für Naturschutzorganisationen anwarb. Ich lächelte jene, die einen großen Bogen um mich machten, sanftmütig an und machte aus Spaß ein paar Schritte auf sie zu, bis sie in Panik davoneilten. Ich lächelte auch diejenigen an, die mich geduldig anhörten und dann erwiderten, dass sie das eine ganz tolle Sache fänden, aber unterschreiben täten sie grundsätzlich nie etwas, das ginge gegen ihr Prinzip. Und selbstverständlich lächelte ich auch jene an, die umstandslos zum Stift griffen, ohne meinen Ausführungen auch nur eine Sekunde lang zuzuhören. Ich begriff schnell, dass Politik zwar ein Geschäft mit Überzeugungen ist, aber selten mit denen, auf die es ankäme.

Meine Zeit in der WG war auch eine Zeit der tausend Experimente. Doch im Gegensatz zu meinen Mitbewohnern, die an Beziehungen, Meinungen und Ambitionen herumschräubelten, bestanden meine Versuche darin, mein Zimmer mit Terrarien, in denen es ständig raschelte, aber nie etwas zu sehen war, und allerlei Bastelkram vollzustellen. Ich zeichnete Käfer, machte Silberpapierkunst und putzte wie wild.

Wann die Putzmanie begonnen hatte, weiß ich nicht mehr. Ob ich schon geputzt hatte, als ich Mila zum ersten Mal erblickte, oder ob ich erst nach meiner erfolglosen Überrumpelung damit anfing. Tatsache ist, dass ich die ganze Wohnung mit einer blödsinnigen Leidenschaft ein ums andere Mal durchfegte. Eine Runde dauerte fünf Tage, und wenn ich damit fertig war, fing ich sofort von Neuem an. Ich schrubbte alle Böden dreimal, entkalkte Wasserhähne und Duschschlauch, schraubte sämtliche Bodenleisten und Lichtschalter ab, um auch den versteckten Dreck zu erwischen. Ich schabte Kerzenwachsreste weg, ich saugte Staub, und das freilich nicht nur am Boden, auch die Decken und Wände mussten dran glauben. Meine Mitbewohner verfolgten das aus dem Augenwinkel und sagten nichts. Sie hatten schließlich nichts dagegen, für die Sauberkeit im Haus keinen Finger krümmen zu müssen.

Erst als Yvonne einzog, ging das ganze Theater los. Yvonne studierte im dritten Semester Psychologie, und sie hatte etwas vor mit dieser WG. Ich stand ihr dabei offenbar im Weg. Tagte ihre Solidaritätsgruppe in der Küche, erntete ich bei jedem Gang zum Kühlschrank böse Blicke. Führte sie eines ihrer lautstarken Drei-Stunden-Telefongespräche, wusste ich danach besser Bescheid über afghanische Kochrezepte, frauenfeindliche Professoren und Yvonnes Menstruationszyklus als jeder andere in unserer Stadt. Sie war zweifellos eine dynamische Frau, und die anderen Mitbewohner ließen sich nur zu gerne mitreißen. Ich hingegen putzte unbeirrt weiter.

Bald schon war die Stimmung gegen mich gekippt, und so kam der Tag, an dem Yvonne alle zur großen WG-Sitzung zusammentrommelte. »Du hast offenbar ein Problem, aber wir können dir nicht helfen, es zu lösen«, meinte Erik auf Yvonnes Aufforderung hin, und Birgit ergänzte: »Wir wissen, dass das nicht deine Absicht ist, aber mit deiner Putzerei setzt du deine Umgebung unter Druck.« Yvonne sagte schließlich: »Die Belastung ist für uns alle zu groß, wir kapitulieren gemeinsam.« Worauf alle nickten. Alle außer Georg. Ihn störte kaum je etwas, aber so richtig einsetzen wollte er sich dann doch nicht für mich.

So saß ich ein paar Wochen später inmitten meiner Habseligkeiten an der Straße und wartete auf denselben Georg, der meinen Abgang nicht verhindert hatte. Seinem schlechten Gewissen hatte ich einen gratis Kleintransporter für meinen Umzug zu verdanken. In meinem Rücken die Kommode, die mir meine Eltern mitgegeben hatten, daneben die Tischplatte, von einer Schreinerei zu einem Spottpreis abgegeben, die Matratze und der alte Drehstuhl. Dazwischen drei Säcke mit Kleidern, zwei Bananenkartons mit Küchenkram und sonstigem Krempel, meine Dingskiste, meine andere Kiste mit dem Bastelzeugs, die zwei Terrarien, in denen es auch jetzt raschelte, eine Holzstaffelei, die ich seit Jahren nicht brauchte, aber nicht wegschmeißen wollte, ein verzinkter Blech-Abfalleimer, auf dem ein Basketball hockte, ein Paar Schlittschuhe, ein Eishockeyschläger.

Gerade als ich mich fragte, ob Yvonne die Masche mit dem Gemeinsam-Kapitulieren in ihren Psychologie-Vorlesungen gelernt hatte, bog Mila um die Ecke. Langsam schlenderte sie heran, und als sie endlich vor mir stand, lächelte sie und sagte: »Stehen zwei Nashörner in einer Dachrinne und spalten Öl. Kommt ein Schluck Kaffee und fragt: ›Sagt mal, dürft ihr überhaupt schon rauchen?‹ Fragt das eine Nashorn zurück: ›Wieso, ist hier etwa Einbahnstraße?‹«

Ich antwortete: »Ich glaub fast, den hab ich schon mal gehört.«

Wir lachten beide. Ich sah die Linie ihres Unterkiefers und ich sagte: »Du hast so eine ganz bestimmte Art.«

Mila antwortete: »Ich weiß. Das ist Georgs Satz.«

Ich errötete.

»Und was für eine Art soll das genau sein?«, fuhr sie fort.

»Hat mir Georg nicht gesagt. Aber ich versuch's herauszufinden.«

Sie lachte, ich fasste neuen Mut.

Langsam plauderten wir uns warm, ich auf der Kommode, Mila auf dem alten Drehstuhl. All die kleinen Mutportiönchen, die in mir gewartet hatten, fanden nach und nach zu einem großen Mut zusammen, wie Wassertropfen auf einem Zugfenster, die sich unter dem Druck des Fahrtwinds zu Rinnsalen ballen, und ich fand, dass Georg sich ruhig Zeit lassen könne mit dem Transporter, und das tat er zum Glück. Mila verriet mir, dass sie die WG-Partys nur deshalb aufsuche, weil sie kein Geld fürs Kino habe, das ganze Gerede gehe ihr nämlich auf den Senkel, doch sie habe einen Trick. Betrachte man das Geschehen um sich herum, als sei es ein Film, sinke der Lärm in den Hintergrund, und mit einem Mal habe man ganz viel Platz für seine eigenen Gedanken, die man über den Film legen könne wie eine Tonspur, und alles löse sich in Behaglichkeit auf. Um das zu demonstrieren, streckte sie die Beine und gähnte, und ich zeigte auf meine Matratze und sagte, sie könne sich gerne ein Weilchen hinlegen, ich passte auf, dass keiner sie mitnehme, und sie erwiderte, gute Idee, machte aber keine Anstalten, sich hinzulegen, und ich sagte, vielleicht habe Georg unsere Abmachung ohnehin vergessen, sie kenne ihn ja, und sie antwortete, dass auf der Straße zu wohnen vielleicht gar keine so schlechte Option wäre, viel Platz, immer frische Luft, und wir mussten lachen, und ich fügte hinzu, dass ich es auf diese Weise bestimmt zu einiger Berühmtheit brächte, als unbewilligte Sitzdemo, schon bald würden die Leute herbeiströmen und um mich herum ihre Party machen, und dann seien wir wieder da, wo wir schon waren, nur dass mich keiner mit der Masche vom Gemeinsam-Kapitulieren rauswerfen könne, weil ich ja schon raus sei, und dann kam ein Transporter mit der Aufschrift *Dachdecker Goll* mit dröhnendem Karacho herangefahren, eine Bremse quietschte und im Seitenfenster erschien Georgs klatschnasses Gesicht und er rief: »Da war noch eine Palette Ziegelsteine hintendrauf, und kein Gabelstapler weit und breit, Mann.« Er stieg aus, putzte sich mit dem T-Shirt-Ärmel die Stirn ab und fuhr fort: »Kannst dir ja vorstellen, wer den blöden Gabelstapler ersetzen musste.«

Dann sah er Mila zwischen meinen Siebensachen. Er zog die Augenbrauen hoch und sagte: »Ah, hallo, was machst denn du hier?«

Sie grinste, sagte aber nichts.

Georg wandte sich wieder mir zu und fuhr fort: »Die Karre muss in einer Stunde zurück sein. Keine Zeit für Bierchen oder so. Tut mir leid. Also, bringen wir's hinter uns.«

Er begann, meinen Kram auf die Ladefläche zu knallen. Mila und ich schauten ihm zu, er schien nicht zu bemerken, dass keiner ihm half. Als er meinen Abfalleimer mitsamt Basketball auf die Ladefläche pfefferte, erhob sich Mila und sagte: »Sehen wir uns wieder?«

»Eh schon«, grunzte Georg, ohne zu bemerken, dass sie nicht ihn gemeint hatte.

»Eh schon«, äffte ich ihn leise nach. »Kennst du den Bienenstock? Die Handorgel aus Beton in der Grünau? Ich bin Appartement 68 C.«

Mila nickte.

»Was hast du gesagt?«, rief Georg über die Schulter.

»Bienenstock.«

»Ach so. Und was ist mit diesem Schrottstuhl? Willst du den wirklich mitnehmen?«

»He, das ist ein Erbstück!«

Fünf Minuten später heulte der Motor des Transporters auf und wir fuhren los. Mila winkte, ich winkte zurück und dachte: Vielleicht, vielleicht, vielleicht.

Ich bin nun fast oben auf dem Rebberg angelangt. Die Weinstöcke links und rechts sind klägliche Stümpfe. Es wird eine Weile dauern, bis sie neu ausschlagen. Noch ist Februar, das heißt tiefer Winter, denke ich, und überhaupt, was hat Jonas in dieser Jahreszeit im Fluss zu baden? Ist das eine Obsession, mit der er seine Umgebung unter Druck setzt?

Jetzt nur noch die Friedhofsmauer entlang. Dann Pfarrhaus, Efeuhaus, Klingel und Türspalt. Mila, ich komme!

4

Als ich vier Jahre alt war, bekam ich von meinem Vater eine Kinderpost geschenkt. Ich riss die Packung auf, schüttete den ganzen Inhalt aus und griff gierig in die prachtvolle Fülle. Natürlich wusste ich bereits, was in einer richtigen Post vor sich geht: Man stellt sich an ein Fenster, schiebt einen Brief durch einen Spalt unter dem Fenster, der Brief wird auf der anderen Seite des Fensters frankiert und mit einem Doppelknall gestempelt. Manchmal gibt man der Person am Fenster Geld und bekommt nichts dafür zurück, manchmal reicht man ihr einen Zettel und bekommt dafür ein Paket.

Der Schalter meiner Kinderpost bestand aus einem gelben Faltkarton mit ausgeschnittenem Fenster, es gab bunte Kinderbriefmarken, einen Kinderstempel, Briefumschläge, Spielgeld und vieles mehr. Während ich wahllos in das Gewühl langte, baute Vater alles nach beiliegender Anleitung auf. Er zeigte mir, wie alles funktionierte, schrieb unsere Adresse auf einen Umschlag und bat mich, den Brief zu frankieren, doch meine Hände griffen immer nur in diese unfassbare Fülle, und je häufiger ich diese Bewegung wiederholte, desto inständiger bat mich mein Vater, jetzt mal aufzupassen, das geht nämlich so, siehst du, und das hier geht so, und dann kannst du das machen, und dann hast du dieses, und mit dem kannst du dann so oder auch so, je nachdem, aber du kannst auch anders, wenn du Lust hast, siehst du? Aber ich passte nicht auf, ich wollte nichts anderes als in die Fülle von Dingen greifen. Schließlich kam Mutter und zog Vater sanft von mir weg: »Lass ihn das einfach mal machen. Es hört dann schon wieder auf.«

Eines Tages beobachtete ich, wie Mutter in der richtigen Post einen Hunderterschein zückte und sagte: »Können Sie mir diesen wechseln?«, und die Frau hinter dem Fenster sagte: »Wie hätten Sie's denn gern?«, und die Mutter sagte: »Einmal Fünfzig, zwei Zwanziger und einen Zehner«, und die Frau gab ihr für den großen Schein vier kleinere. An diesem Tag hörte ich auf mit dem Wühlen in den Dingen und begann mit dem Geldwechselspiel. Mutter und Vater mussten wahlweise als Tauschpartner herhalten. Das mit dem Rechnen hatte ich freilich noch nicht raus, ich hatte ein eigenes System, mit den Werten der verschiedenen Spielgeldscheine zu handeln. Was mit dem Bauchgefühl zu tun hatte, und dieses war untrüglich, auch wenn Vater eine dezidiert andere Meinung vertrat. Aber er hielt sich vornehm zurück, denn er freute sich über meinen Gesinnungswandel, war glücklich darüber, dass ich endlich etwas Brauchbares mit meiner Kinderpost anstellte. Wenn ich zu Mutter sagte: »Sag: ›Können Sie mir diese wechseln?‹«, und Mutter sagte: »Können Sie mir diese wechseln?«, und einen großen Schein hinhielt und ich eine Kollektion kleinerer Scheine zusammenstellte und diese durch das Fenster im Faltkarton an Mutter zurückgab, schaute Vater mit einem Glühen in den Augen zu, und man sah, er war zufrieden mit seinem Sohn, er hatte ein Recht auf die Zuversicht, dass der Filius es schaffen würde.

Das war 1991. Jenseits der kleinen Blase, in der sich mein Leben abspielte, bewegten sich merkwürdig verzerrte Gestalten. Ich nahm sie kaum wahr. Nur manchmal durchbrach eine von ihnen die Grenzen meiner Welt. Schnell waren mein Vater oder meine Mutter zur Stelle und scheuchten sie weg: ein einbeiniger Mann mit ausgestreckter Bettelhand an unserer Haustür, ein Kampfflugzeug über brennenden Ölfeldern in der Tagesschau, geborstene Schaufenster in der Innenstadt an einem herrlich sonnigen 2. Mai. So schnurrte das Jahr seine Tage ab. Die jugoslawische Armee belagerte die Stadt Dubrovnik, indonesische Soldaten massakrierten in Osttimor 271 Menschen, Amerika befreite Kuwait von der irakischen Besatzung. Ich selber zählte Kindergeld ab und bekleckerte sämtliche Fenster unserer Dreizimmerwohnung mit Fingerfarbe.

Ein Jahr später würden wir in das Haus ziehen, auf das Vater so lange hingearbeitet hatte, ein Haus mit viel Grün rundherum, sodass das Kind – und, so Gott wollte, auch noch ein zweites und ein drittes – angstfrei aufwachsen konnte. Denn das war die Devise des aufstrebenden Mittelstands der Neunzigerjahre, eine exakte Kopie jener Devise, die in den Achtzigern und auch in den Siebzigern gegolten hatte. Aber noch lebten wir in dieser Dreizimmerwohnung mit schmalem Balkon und enger Küche.

Als ich sechs Jahre alt war, brachte Mutter mir bei, wie man Gemüse zieht. Von den Samen in kleinen Torftöpfchen über die Setzlinge im frisch gejäteten Beet bis zum Schutz vor Schädlingen – alles zeigte sie mir. Das Haus, das Vater nun für lange Zeit abzahlen würde, war Realität geworden. Unser Ritual im Gemüsegarten gehörte zum mütterlichen Plan, mich an das fremde Haus zu gewöhnen. Tag für Tag gingen wir nach draußen, schauten, wie die Setzlinge gediehen, freuten uns über die Radieschen und die Zwiebeln, die unbändig aus der Erde schossen. Wir jäteten und gossen, wir dünnten die Setzlingsreihen aus und sammelten Schnecken ein. Wenn Mutter im Haus beschäftigt oder weg war, schlich ich allein in den Garten, setzte mich im Schneidersitz vor die Reihen von winzigen Karotten- und Kohlrabisämlingen und wartete auf ihr Wachsen, denn ich war mir sicher, dass man es sah, wenn man nur die nötige Geduld aufbrachte. So verharrte ich stundenlang, ohne dass mir langweilig wurde. Wenn Mutter mich vom Fenster aus erblickte, verharrte sie ebenfalls, bewunderte meine Ausdauer, und in ihren Augen schien ein Glühen auf, denn sie war zufrieden mit ihrem Sohn.

Das war 1993. Hinter der Blase meines kleinen Daseins forderten religiös und rassistisch motivierte Anschläge zahlreiche Menschenleben in New York, Solingen und im anatolischen Sivas. In Burundi gewann Melchior Ndadaye zum ersten Mal die Präsidentschaftswahlen und wurde vier Monate später von Putschisten ermordet. In Gabun gewann Omar Bongo zum fünften Mal die Präsidentschaftswahlen und trat sein 27. Amtsjahr an. Ich saß im Garten unseres neuen Hauses, beobachtete das grüne Wachstum und blickte skeptisch meiner bevorstehenden Einschulung entgegen.

An dem Tag, als ich acht Jahre alt wurde, stand frühmorgens ein nigelnagelneues Fahrrad vor der Haustür, mit bunten Schleifen am Lenker und einer Karte, auf der stand: »Unserem lieben Philipp, dessen 9tes Lebensjahr heute beginnt!« Ich traute meinen Augen nicht. Es war das Fahrrad, das ich wenige Wochen zuvor in einem Sportgeschäft zu meinem Favoriten erkoren hatte. Es war das schönste Fahrrad der Welt, und das sollte es bleiben, weshalb ich es täglich putzte. Als Lappen verwendete ich alte T-Shirts, die ich in Streifen schnitt. Felgen, Pedale, Gepäckträger, Speichen, Lenker, alles musste auf das Gewissenhafteste poliert werden. Vater und Mutter schauten sich stumm an. Ich glaube nicht, dass sie darüber sprachen, aber sie dachten wohl unabhängig voneinander dasselbe: dass das Putzen eine Strategie sei, meinen schweren Stand in der Schule zu ertragen. In der Tat war ich auch im zweiten Schuljahr noch nicht richtig in dieser Lerngruppenwelt angekommen. Ich war weder besonders dumm noch besonders gescheit, weder asozial noch beliebt, ich hatte auch keine Abneigungen gegen bestimmte Lehrer, und doch wehrte ich mich jeden Morgen mit Händen und Füßen dagegen, in die Schule zu gehen. Und deshalb, dachten sich meine Eltern, putzte ich.

Aber ich putzte nicht nur. Mit der Zeit begann ich, das Fahrrad auseinanderzunehmen, erst die leicht abschraubbaren Teile, später wurde ich mutiger und löste Vorder- und Hinterrad, dann die Pedale, die Bremsen. Ich prüfte, ob die Teile noch in Ordnung waren, und schraubte sie wieder an. Wenn mein Vater mich dabei beobachtete, erschien ein verhaltenes Lächeln auf seinem Gesicht.

Das war 1995. Das geisterhafte Treiben jenseits der Blase ließ nicht ab. Ein Kriegsveteran namens Timothy McVeigh löschte mit einem Sprengstoffanschlag auf ein Regierungsgebäude in Oklahoma City 168 Menschenleben aus, in Srebrenica wurden mehr als 8000 Bosniaken massakriert, in Gorleben kam der erste Castor-Transport an. Ich putzte und schräubelte, putzte und schräubelte. Meine Eltern waren voller Zuversicht, dass sich bei mir alles geben würde. Sie hatten allen Grund dazu, schließlich spielte sich die Geschichte der menschlichen Niedertracht weit weg von uns ab.

5

Mittagessen in der Pausenbaracke. João und Arturo packen Weißbrot mit Wurst aus, dazu je eine Tomate, die sie sich ganz in den Mund stecken, damit es nicht spritzt. Ich klaube ein selbst gemachtes Sandwich aus meiner Fressbox und beiße hinein. Remoulade quillt aus dem Spalt zwischen den Broten. Uwe hat sich auf der Herdplatte eine Gerstensuppe aufgewärmt. »Spezialität von Sonja«, sagt er, schlürft geräuschvoll und ergänzt: »Kochen kann sie schon, meine kleine Maus.«

Manchmal scheint Uwe zu vergessen, dass er gegen die Pausenbaracke ist. Dass er an jenem Morgen, als sie wie aus heiterem Himmel im Hof stand, einem Berserker gleich getobt hat. Dass er damals geschworen hat, nie und nimmer einen Fuß in diese Bruchbude zu setzen. Schließlich hat auch er Vorgesetzte, die ihm auf die Finger schauen. Manchmal, denke ich, möchte Uwe ein ganz normaler Angestellter sein, der sich wie die anderen von Pause zu Pause hangelt und jede freie Minute zu einem Fest macht.

Ich sehe meinen drei Kollegen beim Essen zu – Uwe schlürft mit gesenktem Kopf Suppe, João zieht die Haut von einer Wurst, Arturo kaut in einer Seelenruhe sein Weißbrot –, und für einen Augenblick kommt es mir vor, als gäbe es bei uns weder Mentor noch Hoffnungsträger.

Vier gleichgestellte Kollegen im endlosen Meer der Zeit, ohne Ziel und ohne Wunsch, irgendwo hinzukommen.

Später sitze ich mit meinem Kaffee draußen in der Sonne. Ich mache den Reißverschluss meiner Jacke auf. Uwe kommt mit seinem Tässchen vom Bürocontainer und setzt sich neben mich. Als João und Arturo in ihrer Geheimsprache murmelnd aus der Pausenbaracke treten, ist Uwe wieder ganz Chef und schnaubt verärgert durch die Nase. Er erträgt es nicht, wenn Mitarbeiter eine Sprache sprechen, die andere nicht verstehen. Oder, noch schlimmer, flüstern.

»Lauter, Jungs, ich hör's nicht«, ruft Uwe. »Lasst uns teilhaben an eurer schönen Welt.«

Sein Routinespruch. João hat einen Gegenspruch dazu. Ich kenne ihn auswendig: »Heiserkeit im Hals, Schuldigung. Kann ich nichts dafür.«

»Mein lieber Schau, einen solchen Heiserkeitsanfall hast du ungefähr jeden zweiten Tag. Ich will ja nicht den Teufel an die Wand malen, aber hast du schon mal etwas von einem Stimmbandkarzinom gehört? Vielleicht solltest du zum Doktor gehen.«

»Doktor kann mich gestohle bleiben«, gibt João krächzend zurück, »und überhaupt: Schicksal hobelt und hobelt und am Schluss sind wir alle gleich tot.«

»Der Spruch ging letztes Mal aber anders«, sagt Uwe. Dann fragt er: »Was ist das eigentlich, was du da in der Hand hältst?«

João lächelt und hält das Ding in die Luft. »Nichts speziell. Nur neue Brause zum für Gießkanne. Alte vom Gemüsegarten ist im Winter mit Schnee davongeschmelzt.«

Uwe blickt mich an. »Unser Schau«, sagt er leise. »Schon ein Exemplar, was?«

Ich schmunzle und sage nichts.

»Hast du jemals das Gefühl gehabt, dass du auch nur einen Satz von ihm richtig verstehst?«

»Hm«, sage ich und wiege den Kopf.

»Ich meine, so richtig richtig? So wie wir zwei uns verstehen?«

»Hm«, sage ich und wiege abermals den Kopf.

Dabei habe ich João sehr wohl verstanden. Vor zwei Stunden hat jemand eine Schachtel Gießkannenbrausen abgeliefert, praktisch fabrikneu. Arturo spedierte sie wie der Blitz in seinen Lancia, während João Uwe ablenkte. Ich weiß, dass João jetzt innerlich alle seine Abnehmer durchgeht und sich fragt, welcher am ehesten für den Plastikramsch infrage kommt. Er bittet Arturo um seine Meinung und Arturo wird sagen: Ja, der vielleicht, oder auch der andere, warum nicht, aber sag du.

Uwe ist nicht blöd. Ihm ist schon klar, was hier abläuft. Und irgendwie versteht er die beiden auch. Wer wird nicht schwach, wenn er mit ansehen muss, wie tadellos funktionierende Armeetaschenlampen mit Farbfilter oder kaum beschädigte Biedermeierstühle unbesehen in die Container fliegen? Jeder hat da zu kämpfen, Uwe sowieso, denn Uwe ist ein absoluter Gefühlsmensch.

Trotzdem frage ich mich, ob er über das ganze Ausmaß Bescheid weiß. Nicht nur über das Ausmaß an Dingen, die tagtäglich in Arturos Auto landen, sondern auch über das Ausmaß der Abnehmerliste von João, das Ausmaß seiner Beschäftigung, die weit mehr ist als eine kleine Ablenkung vom Arbeitsalltag. Sie ist ein florierendes Geschäft. Bei Lieferungen wie der heutigen arbeitet João mit dem Prinzip Masse. In der Regel aber hat er die Sammler im Blick, arbeitet also mit dem Prinzip Marge.

Preziosen fallen einem selten in die Hände, aber wenn, dann streicht man gehörig was dafür ein. Vorausgesetzt, man versteht etwas von der Sache.

Nach der Mittagspause mache ich mich am Altölbehälter zu schaffen. Fettsiebe reinigen, Stand messen, Verschlüsse prüfen und so weiter. Das alles ist jetzt meine Aufgabe. Uwe sagt nicht Job, er sagt Aufgabe. Klingt wichtiger. Das ist es natürlich nicht, im Gegenteil, Altöl wird bei uns nach wie vor stiefmütterlich behandelt. Aber es geht darum, dass ich in Uwes Universum der Mann der Zukunft bin. Also habe ich Aufgaben, und João und Arturo haben Jobs.

Als ich oben auf dem Behälter stehe, taucht hinter der Zypressenhecke, die den Hof nach hinten begrenzt, ein Kopf auf. Ein Mann um die fünfzig, schnauzbärtig, rote Backen, zwischen den Augen eine dunkle Zornesfalte. Wir starren uns an und sagen beide nichts. Ich weiß, der Mann ist einer der Schausteller, die hinter dem Recyclinghof ihr Winterlager haben. Vielleicht Hartmeier, der mit dem fliegenden Teppich, dessen Lkw manchmal an uns vorbeirauscht.

Kaum jemand fragt sich, was Schießbudenbesitzer, Karussellbetreiber und der Jetonverkäufer vom Autoscooter im Winter tun. Genauso wie kaum jemand sich fragt, wohin sein Recyclinggut geht. So gesehen passen wir zusammen, die Schausteller und die Recycler. Trotzdem ist mir jedes Mal mulmig, wenn ich einen von ihnen sehe, und ich frage mich, wie ich ihn grüßen soll. Ist ein »Hallo« bereits zu herzlich? Gilt ein Lächeln bei ihnen als Drohgeste?

Ich weiß nicht, was der Mann da macht, und er weiß wohl genauso wenig, was ich da mache. Aber hier sind wir nun, zwei fremde Nachbarn, deren Köpfe knapp über eine drei Meter hohe Hecke lugen und die sich unsicher belauern. Im Prinzip dauert meine Arbeit am Altölbehälter kaum eine Viertelstunde, doch es scheint, als ob der Mann auf der anderen Seite mich nicht gehen lassen will. Zornesfaltig äugt er zu mir herüber, dann bückt er sich, um kurz darauf wieder aufzutauchen und weiterzuäugen. Ich ebenso, aber ohne die Zornesfalte. Auf und ab, auf und ab. Spielen wir zwei ein Spiel? Sind wir schon Freunde?

Irgendwann taucht er nicht mehr auf. Kurz darauf steige auch ich vom Altölbehälter. Ich trotte zum großen Dach. João fuhrwerkt mit dem Gabelstapler herum, Arturo steht da und hindert mit einer Hand einen Besen am Umfallen, Uwe ist unsichtbar. Ich bin ratlos, was jetzt zu tun ist, und erklimme das weiße Ungetüm neben mir. Im Zweifelsfall auf den Presscontainer. Meine Devise, wenn ich nicht weiterweiß.

Ich zücke die Wühlstange und drücke einen drahtgeflochtenen Abfalleimer zurecht. Schon wird er von der Klappe erfasst. Herrlich, denke ich und hantiere weiter. Ich stehe am Fluss der Dinge, einem Fluss, der nie versiegen wird, und sorge dafür, dass er nicht stockt. Es fühlt sich an wie Kindergeld wechseln, ein Fahrrad auseinandernehmen oder den Blumen beim Wachsen zuschauen. Zwischendurch fliege ich in Gedanken Kreise unter dem großen Dach, und manchmal entwische ich und steige hoch und höher und höher. Ich sehe meine blau-gelb leuchtenden Kollegen, ich sehe die Wagenburg der Schausteller mit Geranium und Parabolantennen, die Schrebergärten und die Kurvenschlaufen der Modelleisenbahn, den Fluss, das Stauwehr, die Insel, die alte

Fabrik, ein kleines Dachfenster und darin Jonas' Gesicht. Dann den Hügel mit den Weinreben, die Häuser an der Kante oben, und auch Mila, die in diesem Moment aus der Tür kommt. Ich sehe, wie sie sich die Haare aus dem Gesicht wirft, den Inhalt ihrer Tasche überprüft und sich in Bewegung setzt. Ich sehe hinter dem Hügel eine wellige Landschaft, dicht mit Siedlungen besprenkelt. Am Rand einer dieser Siedlungen steht ein hellblaues Einfamilienhaus, hinten Gartenbeete und ein alter Zwetschgenbaum, vorne die Garageneinfahrt. Eine Frau steht da und wuchtet Einkaufstüten aus dem Auto, es ist meine Mutter. Ich sehe auf ihrem Gesicht die Vorfreude auf den nächsten Sonntagsbesuch des Sohnes, aber auch die Sorge angesichts eines weiteren Abends voller unbeantworteter Fragen, und dann sehe ich, wie sie das Gesicht zum Himmel reckt und dort etwas sieht, einen Vogel vielleicht, sie blickt ihm hinterher, verfolgt seinen Flug, und sie denkt vielleicht, dass der Vogel es richtig macht, er zieht von Gelegenheit zu Gelegenheit, wachsam und frei, jedenfalls macht er es besser als sie, die diesen Lebensballast immerzu mit sich trägt, diese Ehe, diese Familie, dieses Haus und die tausend Verpflichtungen, weil man sich selbst oder irgendwem vor langer Zeit alles Mögliche versprochen hat, und dann, ja, dann knarrt es mit einem Mal unter mir, und schon sinke ich pfeilschnell hinab, lasse alles, was ich auf meinem Flug gesehen habe, hinter mir, packe die Wühlstange und sorge dafür, dass die Fresscontainer was zu pressen haben. Immer schön ham-ham, die Containerbiester.

Ein Kunde kommt heran und schmeißt ein Schuhregal über den Rand des Containers. Ich achte nicht darauf, lasse meinen Blick über den Recyclinghof schweifen.

Als Uwes Bürocontainer in mein Blickfeld gerät, stocke ich. Etwas stimmt nicht an diesem Anblick, denke ich. Im Container sitzt Uwe, unser alter Uwe, aber nicht wie sonst an dem kleinen Schreibtisch über seine Formulare gebeugt, nein, er sitzt unter dem Tisch, und seine Hände stecken in Handschuhen, und er spricht mit ihnen. Nein, stimmt nicht, denke ich, keine Handschuhe, es sind Puppen. Unser alter Uwe spielt in seinem Bürocontainer Puppentheater! Nun schubsen und knuffen die Puppen sich gegenseitig, Uwes Lippen bewegen sich schneller, seine Stirnfurchen werden tiefer, und dann löst sich alles in stummem Gelächter auf. Eine der Puppen kratzt mit der Hand Uwes nun wieder glatte Stirn, dann stehen sie sich erneut gegenüber und das Geplauder geht weiter.

Vor meinen Augen fliegen Gegenstände vorbei, unter mir summt und kracht und wimmert es, aber ich nehme das alles nicht mehr wahr. Ich sehe nur meinen Chef, der im Dunkel seines Containers mit Puppen spielt. Ich muss auflachen, und mein Lachen wird immer lauter und hört nicht mehr auf. Arturo guckt verwundert hoch, nimmt das Lachen auf, selbst wenn er keine Ahnung hat, was der Grund dafür ist, und auch sein Lachen wird immer lauter, und weiter vorne lässt João auf dem Gabelstapler sich wiederum von Arturos Lachen anstecken, und so lachen sich ein Recyclinghofchef und seine drei Mitarbeiter die Hucke krumm, keiner weiß, warum der andere lacht, und mittendrin recyceln unsere Kunden, was das Zeug hält, und ich denke: Fällt bei uns in diesem Augenblick alles auseinander oder ist dieses Lachen das Letzte, was uns noch zusammenhält?

Als ich mir die Tränen aus dem Gesicht wische, stapft unten ein Mann auf mich zu. Breiter Gang auf baumdicken Beinen in Armeehosen, unter dem Wollpulli lugt eine kompakte Bierwampe hervor. In seinen Augenschlitzen lauert Feindseligkeit.

»Was mache ich damit?«, bellt er und streckt mir ein Modellflugzeug hin.

»Noch mal?«

»Was mache ich damit?«

Ich sage: »Noch mal?«

»Bohnen in den Ohren? Was mach ich damit?«

Wievielmal muss ich nachfragen, bis der Mann explodiert? Ich habe Lust, es herauszufinden. Ich sage: »Noch mal?«

Er schmettert das Modellflugzeug zu Boden und starrt mich böse an.

»Auch eine Möglichkeit«, sage ich.

Er macht einen Schritt auf mich zu. Dicke Arterien am Hals, Schweißtropfen auf der Stirn. Zum Glück stehe ich noch immer auf dem Presscontainer oben.

»Meine Steuergelder«, brüllt er und spuckt den Presscontainer an. »Meine sauer verdienten Batzen. Eine verdammte Sauerei ist das!«

Die anderen Kunden heben die Blicke, João hält seinen Gabelstapler an, Uwe stürmt aus dem Bürocontainer, sein Gesicht nun glatt und freundlich. Er tritt vorsichtig an den Mann heran, sagt: »Moment, der Herr, ich muss doch sehr bitten. Reklamationen gehen immer an den Chef. Und der steht vor Ihnen. Was haben Sie auf dem Herzen? Darf ich Sie zu einem Käffchen einladen? Meine Maschine macht den besten Kaffee weit und breit, kommen Sie ...« Vorsichtig tätschelt Uwe den Mann am Arm und geleitet ihn weg. Noch zwei oder drei Mal wendet der Mann sich zu mir um und zischt etwas, dann hat Uwe ihn mit seinem Charme überwältigt. Sie verschwinden hinter dem grünen Leichtschrottbehälter.

Ich springe vom Presscontainer und hebe das Modellflugzeug auf. Abgesehen von ein paar leichten Schrammen scheint es intakt zu sein. Der Mann hätte es verschenken oder verkaufen können. Wollte er aber nicht. Er hatte nur ein Ziel: das Ding schnell loszuwerden. Ich tue etwas, das ich fast nie tue: Ich deponiere das Flugzeug in der Pausenbaracke, um es später mitzunehmen. Mir ist jemand eingefallen, der Freude daran haben könnte.

Später stehe ich mit meinem Modellflugzeug an der Haltestelle und sehe, wie Uwe in das Tram einsteigt. Ob er die Puppen dabeihat? Spielt er seiner Sonja zu Hause manchmal ein paar Szenen vor? Er hält sein übliches Schwätzchen mit dem Fahrer, und es ist ihm nicht das Geringste anzusehen. Schon recht so, denke ich. Die Welt wäre keine bessere, wenn allen alles anzusehen wäre.

Als das Tram außer Sichtweite ist, hole ich mir eine Packung m&m's aus dem Automaten, reiße sie auf und schütte mir den Mund mit den bunten Kugeln voll. Ein Auto, das mir sehr bekannt vorkommt, fährt langsam heran. Es ist ein Lancia Delta HF Turbo, Jahrgang 1988. Der Wagen hält neben mir, das Fenster wird heruntergekurbelt.

»Uwe nach Haus davongezisch?«, fragt João.

»Auf und davon«, antworte ich. »Der hatte es eilig wie selten. Zu Hause wartet nämlich schon seine Freundin im Abendkleid. Heute gehen sie ins Musical.«

»Ach, darum pfeift er immer dieses Singelied von Katze«, sagt João. Er meint wohl Katzenmusik, denke ich und nicke. Ja, João hat recht. Man kann nicht behaupten, dass Uwe besonders musikalisch ist.

João blickt sich um und sagt: »He, Philipp, willst du was sehen?«

»Was denn?«

»Das, wo wir dir zeigen.«

»Wo?«

»Dort, wo es ist.«

Ich runzle die Stirn.

»Keine Angst, nicht illegal«, sagt João. »Trotzdem nichts für Chef Uwe. Weißt du schon, was ich meine.«

Er zwinkert, ich nehme noch einen Mundvoll m&m's und steige ein.

Als ich die Tür zuziehe, sagt Arturo: »Passt du auf wegen Schokofinger, bitte schön!«

Ich nicke und passe auf. Es ist nicht das erste Mal, dass ich in seinem Lancia Delta HF Turbo sitze. Als er den Wagen vor einem halben Jahr kaufte, lud er Uwe und mich zu einer Testfahrt ein, wobei João den Beifahrersitz warm hielt und uns über die Bedeutung des Lancia Delta HF Turbo informierte, die Vergötterung, die das Modell in Italien noch immer erfährt, die Rallye-Siege, die sein PS-stärkerer Bruder eingefahren hatte, die technischen Details. Arturo selbst beschränkte sich auf ängstliche Hinweise, die er auch heute nicht lassen kann: »Bitte mit Finger nicht auf Fenster drauftapel, bitte schön!« – »Rauchverbot, absolut und überall drin von Auto!« Ein Schnäppchen sei es gewesen, betonte João immer und immer wieder, so einen kriege man normalerweise nicht unter zwanzigtausend. Jedes Mal, wenn João das wiederholte, tätschelte Arturo das Lenkrad.

Wir fahren um den Recyclinghof herum, am Winterlager der Schausteller vorbei, weiter in Richtung Kläranlage. Kurz davor biegen wir links ab und passieren ein

Fahrverbotsschild. João dreht sich zu mir um: »Hast du genau hingekuck? Steht auf die Tafel: Ausgenomme Zubringer und Anbewohner. Anbewohner gibt's nicht hier, oder siehst du irgendwo? Und Zubringer sind wir selber. Wir bringen dich zum dort, wo das ist, wo wir jetzt gehen. Stimmt's, Turo, oder stimmt's nicht?«

Arturo nickt. João boxt ihn in die Schulter und lacht.

Wenn mich meine Kenntnisse der Umgebung nicht täuschen, ist da vorne die Autobahn und sonst nichts. An dieser Stelle hebt sich die breite Trasse, um weiter vorne eine Brücke über den Fluss zu passieren. Die Böschung hier ist überwuchert mit Weißdorn und Brombeeren. An einem Schuppen halten wir und steigen aus. Wir gehen um den Schuppen herum, ducken uns durch einen Tunnel im Gestrüpp. Das Rauschen der Autobahn ist schon ganz nah. Dann lichtet sich das Gestrüpp und wir stehen genau an jener Stelle, wo die Autobahn abhebt und die Brücke beginnt. Ein hoher Zaun begrenzt ein Gebiet von etwa zehn auf vierzig Metern. Mittendrin ein Hühnerstall, drum herum die Tiere.

João streckt den Arm aus und sagt: »Weiß nicht, ob man kann sagen, dass uns gehört dieses alle hier, wo du siehst. Formulieren wir so: Stell dir vor Hausmeister. Ist nicht der Besitzer vom Haus, wo er Hausmeisterung macht, aber passt auf. Wir sind die Hausmeister vom Hühnerhaus. Wir passen auf Hühner. Unsere Belohnung sind Eier. Und ich sage dir: Viele Eier.«

»Vierundzwanzig«, sagt Arturo.

»Pro Tag«, sagt João.

»Durchschnitt«, ergänzt Arturo und öffnet ein windschiefes Tor.

»Du denkst jetzt, ist nicht viel, aber aufgepass«, sagt

João. »Ich habe nicht Ekonomstudium, aber Rechnen weiß ich schon, wie geht. Vierzig Rappen pro Ei macht neunsechzig pro Tag. Jetzt mal dreihundertfünfundsechzig, weil Hühner haben kein Wochenende und keine Ferie, macht genau circa ungefähr dreieinhalbtausend pro Jahr. Alles frei von Steuer, weil du weißt schon, warum.«

»Und wir nur Hausmeister«, ergänzt Arturo.

Wir gehen zu dem Hühnerstall hin.

»Wem gehören die Hühner denn?«, frage ich.

»Die Hühner? Sich selber. Oder was glaubst du? Haben wir freie Demokratie hier oder nicht?«, antwortet João leicht empört.

»Und das Land?«

João und Arturo schauen sich an.

»Land gehört diesen, wo kultivieren das Land«, sagt João.

»Es gehört also den Hühnern«, sage ich.

João und Arturo werfen sich einen kurzen Blick zu, dann nicken sie. Ich blicke mich um. Der Ort ist wirklich schlau gewählt. Wer sucht schon eine solche Ecke auf, und wer schaut schon genau hin, wenn er sich in diese Ecke verirrt. Der Platz halb unter der Autobahn ist keine Idylle, aber er ist geschützt, weil von mannshohem Gestrüpp umgeben. »Viel Platz zum Picke und Scharr machen, Gras und alles«, sagt João. »Voll Eko von B bis Z.«

»Und was ist mit A?«, frage ich.

»A ist Autobahn. Aber glaube ich nicht, dass die Hühner sich gestört lassen fühle wegen. Ist ja nur Rauschen, wie der Fluss weiter vorn. Außerdem legen nicht weniger Eier wie Hühner auf Land mit Natur und alles. Mehr als zweihundert Eier pro Jahr. Kann also nicht so schlimm sein. Italienische Rasse übrigens. Ancona. Superlegehuhn! Und schön, findest nicht, Philipp?«

Ja, sie sind wirklich schön, diese italienischen Hühner, denke ich. Schwarz mit weißen Punkten. Alle mit rotem Kamm. Ich hab mich nie groß für Hühner interessiert, aber diese hier gefallen mir.

»Willst eins habe, Philipp?«, sagt João.

»Was, ein Huhn?«

»Was sonst?«

»Äh, hab keinen Platz.«

»Kannst du ausleihen ein großer Topf von mir«, sagt Arturo.

Ich schlucke.

»Wir zeigen dir, wie's geht«, sagt João.

»Äh. Wo?«

»Küche. Hast du keine?«

»Küche? Doch.«

João lacht und klopft mir auf die Schultern. »War nur ein Scherz. Wir eröffnen kein Schlachthof in die Küche.«

Ich atme auf und grinse.

»Weil Ancona sind keine Schlachthühner. Sind Legehühner. Super Legehuhn, das Anconahuhn. Hat Arturo selber importiert. Mit Auto.«

Wie er es bewerkstelligte, die Hühner zu transportieren, ohne dass sie einen einzigen Fleck im Wagen hinterlassen haben, will mir Arturo nicht erzählen. Stattdessen öffnet er eine Tür im Hühnerstall und winkt mich herein.

Schon von außen schien mir dieser Hühnerstall etwas überdimensioniert. Jetzt begreife ich, was der Zweck dieser Übergröße ist. Der Hühnerstall dient auch als Lagerschuppen. In einem Regal stehen drei Dutzend

Christbaumständer, in einem anderen an die zwanzig Kindersitze, in einem dritten liegen Hirschgeweihe, die so sehr ineinander verhakt sind, dass ich sie nicht zählen kann. Am Boden fünf Tischpizzaöfen und eine ganze Reihe Kartonschachteln voller Fahrradsättel der Firma Brooks, dänischer Designer-Lampenschirme, gerippter Heizungsdrehregulierer, Dampfkochtopf-Gummiabdichtungsringe, Autositz-Kopfstützen und in Plastik eingeschweißter Fussballtrikots. Ein Sack Buttons würde gut hierhinpassen, denke ich. Aber Arturo wird seinen Grund gehabt haben, warum er sie nicht genommen hat. Er kennt Joãos Bedarf aus dem Effeff.

Während ich die Fülle der Dinge bestaune, kümmern sich João und Arturo um die Hühner. Sie kratzen Mist von Leitern und Brettern, füllen einen Wassertrog neu auf, streuen Körner. Dann öffnet Arturo eine grüne Box, die er aus dem Auto mitgebracht hat, und leert daraus klein gehacktes Gemüse in ein Becken. João sammelt die Eier ein. Sechsundzwanzig Stück sind es heute. Ein portugiesischer Lebensmittelhändler am Stadtrand wird sie übernehmen.

Als alles erledigt ist, stellt João sich neben mich und sagt: »Willst du etwas aussuche? Wenn schon kein Huhn, dann wenigstens Lampe aus Danemark? Oder Sattel für Velo? Gebraucht, aber praktisch wie neu. Echt Leder, Produkt von Qualität aus England. Nimm!«

Als wir wieder in Arturos Lancia sitzen – João mit zwei großen Eierkartons im Schoß, ich mit einem Eierkarton, einem Modellflugzeug und einem gefederten englischen Ledersattel –, frage ich: »Und warum habt ihr mir das alles gezeigt?«

João dreht sich zu mir um und blickt mich verständnislos an. Dann sagt er: »Chef Uwe zeigt dir immer tausend Sache, stimmt's oder stimmt's nicht? Jeden Tag Sache zum für Lernen, Sache zum für Wissen, Sache zum für Sagen: Aha, jawoll, stimmt genau. Richtig?«

»Ja. Und?«

»Ist Uwe der Einzige von auf diese Welt hier, der Sache hat zum für Zeigen?«

»Weiß nicht. Nein.«

»Eben.«

João dreht sich nach vorne und schweigt beleidigt. Mir dämmert, dass Uwe womöglich nicht der Einzige ist, der Anspruch darauf erhebt, mein Mentor zu sein. João ist offenbar der Meinung, dass jeder ernst zu nehmende Hoffnungsträger über seine Welt und sein Tun genauso Bescheid wissen sollte wie über Uwes Welt. Ich muss ihm recht geben. Auch wenn es mir nicht leichtfallen wird, von nun an ein doppelter Hoffnungsträger zu sein.

Arturo fährt mich zum Bienenstock. Als ich aussteige, sage ich: »Danke fürs Zeigen, Leute. Heute bin ich ein ganzes Stück gescheiter geworden.«

João nickt stumm und winkt ab, Arturo hupt zweimal und fährt los. Ich blicke ihnen nach und denke an den Hühnerschuppen und all die Schätze, die darin lagern, an Joãos wirtschaftliches Geheim-Imperium, das immer weiter wächst, an die Verrenkungen, die er sich antun muss, um dieses Imperium vor Uwe geheim zu halten. Ich denke an mein Geheim-Imperium aus Träumen, denen ich mitten im Getümmel des Recyclinghofs nachhänge, und dass auch dieses stetig wachsen wird. Am Schluss denke ich an Uwes Puppentheater im Bürocontainer und das dunkle Imperium, das sich in Uwes Seele verbergen muss. Irgendwann werden sie in sich zusammenbrechen, wie alle Imperien, und wer weiß, vielleicht ist dann ein Weg frei für mich.

Ich steige das Treppenhaus hoch. Hinter den meisten Türen ist es still, manchmal höre ich gedämpfte Fernsehgeräusche oder ein Hantieren in der Küche, einmal eine Stimme, so laut, als ob sie mich mitmeint. Vor meiner Tür liegt ein Stapel Zeitungsausschnitte. Ich denke: Aha, der Schöberli wieder mal! Ich hebe den Stapel auf, trete in die Wohnung, schalte den Fernseher ein, Eurosport, wie immer. Es läuft Tischtennis, ein Schwede gegen einen Chinesen, der Schwede führt 15 zu 12. Ich setze mich hin und gehe den Stapel Zeitungsausschnitte durch.

»Emmentaler am Seeufer gestrandet. Die Obwaldner Kantonspolizei hat am Dienstagmorgen einen außergewöhnlichen Fund gemacht. Beim Strandbad Sachseln lagen sechs Laibe Emmentaler Käse im knöcheltiefen Wasser. Man geht davon aus, dass sie zu jener Ladung gehören, die bei einem Unfall letzten Herbst in den Fluss fiel. Offenbar hat der durch die Schneeschmelze angeschwollene Fluss sie erst jetzt in den See geschoben ...«

Ich drehe den Ausschnitt um. Auf der Rückseite Reklame für Gehacktes vom Rind, Schnittblumen und Butterkekse. Ich greife zum nächsten Ausschnitt: »Algen als Grundnahrungsmittel der Zukunft? Forscher der Universität Graz haben ein Verfahren entwickelt, Algen mit einem Minimum an Wasser zu ziehen ...«

Auch diesen Ausschnitt drehe ich um. Hier eine Meldung aus der Abteilung Vermischtes: »Leichen im Keller von Johannes Heesters! In einer Villa im bayerischen Starnberg, die dem 2011 verstorbenen Schauspieler Johannes Heesters gehörte, wurden drei menschliche Skelette gefunden. Forensische Untersuchungen ergaben, dass die Skelette seit mindestens hundert Jahren im Keller des Hauses liegen. Damals ging Heesters in Holland zur Schule ...«

Alle paar Wochen bringt der Schöberli mir einen Stapel solcher Zeitungsmeldungen und sagt: »Als ich den Artikel hier las, hab ich sofort an dich gedacht, Philipp. Und das da interessiert dich bestimmt auch. Lass dir ruhig Zeit damit. Wenn ich sie wieder brauche, sag ich dir Bescheid.«

Manchmal frage ich mich, ob der Schöberli mich mit jemandem verwechselt. Ob er meint, ich sei sein Neffe oder Enkel. Oder hat er mich irgendwann mit einem Stelleninserat in der Hand gesehen und seine verqueren Schlüsse daraus gezogen? Wie auch immer, Tatsache ist, dass Nachbar Schöberli vom zweiten Stock mich regelmäßig mit Zeitungsartikeln versorgt. Ich habe keine Ahnung, was die verschiedenen Meldungen miteinander zu tun haben. Nun drehe ich den einen Fetzen in der Hand und frage mich, welche der beiden Meldungen für mich gedacht ist. Die mit den Algen oder die mit den Leichen in Johannes Heesters' Keller?

Der Schwede hat den ersten Satz gewonnen und führt im zweiten mit 3 zu 1. Sein Ritual vor dem Aufschlag ist präzise wie ein Uhrwerk. Erst wischt er sich die rechte Hand am linken T-Shirt-Ärmel ab, dann tänzelt er zweimal, lässt den Ball zweimal auf den Tisch fallen, tänzelt noch zweimal. Der Chinese lässt sich davon nicht beeindrucken und holt sich den Aufschlag mit einem gepfefferten Schuss zurück.

In den Heizungsrohren klappert es, hinter der Wand in meinem Rücken ein sanftes Kratzen. Ich lege mich hin und denke an Mila.

6

Jonas nimmt ein Ei aus der Schachtel, schlägt es am Rand der Bratpfanne auf und gießt den Inhalt schwungvoll aus. Schon brutzelt eine schwabblige Sonne in einem glasig gefrorenen Teich vor sich hin.

»Du warst also weg und Mila frequentierte noch immer die alte WG?«, sagt er und schlägt das nächste Ei auf.

»So war's.«

»Und dann?«

»Dann kam das mit der Karte.«

Vor drei Tagen sind Jonas und ich uns zum zweiten Mal über den Weg gelaufen. Jonas erneut in der Badehose, ich erneut auf dem Weg zu Mila. Bevor er ins Wasser sprang, hat er mich in seinen Bau in der ehemaligen Fabrik eingeladen. Ich solle etwas aus meinem Kühlschrank mitbringen, wir würden es mit seinem Kühlschrankinhalt kombinieren und so eine leckere Mahlzeit improvisieren. Es ist ein Allerlei-Gratin geworden, er ist bereits im Ofen. Derweil Jonas Joãos Eier brät, soll ich die Geschichte von Mila und mir erzählen.

»Sie wollte mich in meiner neuen Wohnung besuchen, doch als sie am Bienenstock ankam, wusste sie die Nummer meiner Wohnung nicht mehr, und auf den Klingelschildern stand statt der Vornamen immer nur ein Buchstabe. Da sie meinen Familiennamen nicht kannte, machte sie sämtliche Briefkästen ausfindig, auf denen ein F. steht, und warf in jeden eine Nachricht an mich ein. In ihrer Muttersprache Kroatisch schreibt sich Philipp mit F.«

»Aha«, sagt Jonas und wischt sich die Finger an der Hose ab. »Du auch zwei Spiegeleier?« Ich nicke. Jonas schlägt ein drittes Ei auf. Wieder landet das Gelbe milimetergenau in der Mitte des Weißen.

»Bei unserem Eingang sind es vier, deren Vornamen mit F. beginnt«, fahre ich fort. »Einer davon ist der Schöberli. Er heißt nämlich Fritz Grasdorf. Und so stand der Alte eines Tages an meiner Tür und zeigte mir eine Karte mit einer sehr merkwürdigen Botschaft. Er würde auf Kettenbrief tippen, was ich denn dazu meinte und ob man das melden müsse, weil Kettenbriefe seien doch verboten oder sei das heute nicht mehr so?«

»Was stand denn auf der Karte?«, fragt Jonas.

»›*Spielen zwei Waschmaschinen Tischtennis. Kommt eine Bohrmaschine vorbei und fragt: Darf ich mitspielen? Sagen die Waschmaschinen: ???* Falls Lösung erwünscht, bitte folgende Nummer anrufen.‹ Dann die Nummer. Sonst nichts.«

Jonas lacht schallend. Dann zeigt er auf den Backofen und sagt: »Schau mal, ob der Gratin fertig ist.«

Ich öffne den Ofen, pikse mit der Gabel ein Probierstückchen auf und puste. Wie immer ist es viel zu heiß, als ich es in den Mund nehme. »Ch ... cheiß«, sage ich und wedle mit der Hand vor dem Mund. »Aber gut«, ergänze ich, nachdem ich das Stück hinuntergeschluckt habe.

Jonas dreht mit der Mühle Pfeffer auf die Spiegeleier, während ich fortfahre: »Ich wusste natürlich sofort, von wem die Karte war. Ich sagte dem Schöberli, dass ich mich um die Angelegenheit kümmern würde, und rief noch am gleichen Tag an.«

»Und dann?«

»Dann ging alles sehr schnell. Am nächsten Tag trafen wir uns bei mir, am übernächsten bei ihr. Dann wieder bei mir. Und so weiter. Die Antwort der Waschmaschinen auf die Frage der Bohrmaschine lautete übrigens: ›Nein, du hast keine Badehose an.‹«

Jonas lacht erneut. Ich suche nach einem Topflappen und hole den Gratin aus dem Ofen. Wir gehen zu dem Tisch, der übersät ist mit Zeichnungen, Büchern, Tannenzapfen und dem Modellflugzeug, das ich mitgebracht habe. Jonas zieht mit dem Arm eine Schneise in das Chaos und stellt die Bratpfanne mit den Spiegeleiern hin. Der Gratin landet daneben. Jonas holt zwei Weingläser und eine Flasche. Ich schaue ihm zu, wie er die Flasche öffnet und einschenkt. Weintrinken ist etwas komplett Neues für mich. Das Standardgetränk in der WG war Bier, dicht gefolgt von hochprozentigen Spirituosen. In meiner Wohnung im Bienenstock trinke ich nie Alkohol. Jonas schöpft Gratin auf die Teller, ich lege je ein Spiegelei obendrauf.

»Du willst nur eins?«, fragt Jonas irritiert.

»Ich nehme zwei, aber nacheinander«, antworte ich.

»Geht bei mir nicht. Ich brauch immer einen Doppeldecker«, sagt Jonas und schaufelt sich ein zweites Spiegelei aufs erste.

Wir essen. Ein paar Minuten lang ist nur unser Pusten und das Kratzen und Klappern des Bestecks zu hören. Wenn Jonas den Blick auf den Teller senkt, mustere ich sein Gesicht. Links neben dem Mund sitzt eine kleine Lachfalte. Er hatte sie schon als Kind, aber in den letzten zehn Jahren ist sie tiefer geworden, scheint mir. Ich frage mich, was für Veränderungen er in meinem Gesicht sieht.

Jonas erhebt sein Glas und sagt: »Auf Mila. Und die Waschmaschinen in Badehosen!« Wir stoßen an und trinken.

»Und was ist mit dir?«, sage ich. »Gibt's bei dir auch jemanden?«

»Ja.«

»Und? Erzähl!«

»Na ja. Bei uns ging's langsam. Dann schnell, dann wieder langsam, dann wieder schnell.«

»Was bedeutet das?«

»Marike und ich waren ein Paar. Dann waren wir irgendwie kein Paar mehr. Dann waren wir wieder ein Paar. Dann wieder keins. Und so weiter. Jetzt gerade sind wir wahrscheinlich keins. So genau weiß ich's nicht.«

»Verstehe«, sage ich und esse weiter.

Jonas' Wohnung ist fast unter dem Dach, klein und sehr dunkel. Sie hat nur zwei Fenster, die in die gleiche Richtung gehen. Offiziell gar keine Wohnung, wie er mir sagte. Es gibt einen Wasserhahn, einen frei im Raum stehenden Herd mit Ofen, einen kleinen Tisch, der als Anrichte herhält und ein großes Becken für den Abwasch. WC und Dusche sind einen Stock weiter unten. Jonas hat keinen Mietvertrag, weil es einen solchen nicht geben darf. Freundschaftliches Arrangement nennt er die Absprache mit dem Verwalter des Hauses. In den anderen Räumen haben Künstler ihre Ateliers.

Was er in dieser Wohnung alles tut, was er überhaupt in seinem Leben tut, habe ich noch nicht herausgefunden. Ob er ein Fledermauskünstler ist oder ein aufgeblasener Angeber. Was ich aber weiß, ist, dass er ein Talent als Gastgeber hat. Er unterhält mich, lässt mich in jedem Augenblick wissen, dass ich der Gast bin und er der Wirt. Bei mir wäre das ganz anders. Sobald ich Gäste habe, fühle ich mich als Fremder in meiner eigenen Wohnung.

Jonas zeigt mit dem Kinn auf das Modellflugzeug und sagt: »So eins hatte ich auch mal. Du findest im Recyclinghof bestimmt ständig Spielzeug aus der Zeit, in der wir klein waren. Weißt du zum Beispiel noch diese Zeichenkästen mit den Drehrädern? Die man schütteln konnte und dann war die Zeichnung weg?«

»Ja. Sind auch schon vorgekommen bei uns.«

»Und du sammelst die nicht?«

»Nö. Sammeln tun die andern. Und früher oder später werfen sie alles wieder weg. Ich schaue nur dem Fluss der Dinge zu. Wie er an mir vorbeirauscht.«

Jonas lacht. Dann sagt er: »Wir werden das Flugzeug bei Gelegenheit vom Rebberg aus fliegen lassen. Einverstanden?«

Ich nicke. Wir essen weiter. Wieder schaue ich Jonas verstohlen zu. Es ist mir mittlerweile vollkommen gleichgültig, ob er ein Fledermauskünstler oder ein Angeber ist.

»Unglaublich, was du aus deinem Kühlschrankinhalt zusammengezaubert hast«, sage ich. »Was hatten wir noch mal? Kartoffeln, Datteln, Brokkoli und Chilischoten?«

»Genau, und dann noch deine Fischstäbchen.«

»Natürlich, die Fischstäbchen.«

»War schon immer eine Spezialität von mir, aus fast nichts viel mehr als nichts zu machen«, sagt Jonas. »Gekocht hab ich schon als Kind täglich. Du weißt ja, meine Mutter.«

Ich erinnere mich. Seine Mutter hatte erste Anzeichen von multipler Sklerose, als Jonas neun Jahre alt war. Schon da schmiss er den Haushalt praktisch im Alleingang. Wir anderen Kinder im Dorf bewunderten ihn. Zugleich fürchteten wir uns vor dieser unheimlichen Krankheit und hielten uns von seiner Mutter fern.

»Wie geht es ihr?«, frage ich.

»Sie lebt in einer betreuten Wohngruppe. Ich besuche sie zweimal die Woche. Wir spielen Backgammon, ich verschiebe für sie die Steine und lege ihr den Würfel in die Hand, meistens gewinnt sie. Dann schiebe ich sie eine Weile im Rollstuhl herum, immer die gleiche Runde. Ein unbeteiligter Beobachter könnte denken, sie sei meine achtzigjährige Oma, und manchmal denke ich das selber. Aber sie ist erst Mitte fünfzig.«

Wir spachteln, was das Zeug hält. Nachdem Jonas uns noch je ein zusätzliches Spiegelei gemacht hat, holen wir die letzten Reste aus dem Kühlschrank: ein halbes Glas Essiggurken, zwei Tomaten und ein Mokka-Joghurt. Am Schluss fällt mir ein, dass ich in meinem Rucksack noch eine Tafel Schokolade habe, und wir machen uns auch über diese her.

»Und was ist mit deinen Eltern?«, fragt Jonas. »Ist dein Vater immer noch so, na, wie soll ich sagen?«

Ich lache. »Aber sicher ist mein Vater immer noch wie-soll-ich-sagen. Und auch der Gutmeiner von damals ist er geblieben. Mein Vater ist der Champion aller Gutmeiner. Wenn es damals schon Berufsberater gegeben hätte, wäre er wahrscheinlich in ein Priesterseminar geschickt worden. Jetzt arbeitet er im Versicherungswesen. Auch eine Gutmeiner-Branche.«

Jonas greift zum Mokka-Joghurt, schabt mit dem Zeigefinger die allerletzten Reste heraus und fragt: »Und was macht er da genau?«

»Keine Ahnung. Ein halbes Arbeitsleben Teppichetage, seit zehn Jahren hat seine Arbeit einen englischen Namen. Aber Mutter und ich wussten schon vorher nicht, was er tat. Bekannt ist nur das Drumherum: Bonuszahlungen, reichlich Spesen, Geschäftsreisen mit Übernachtungen in den besten Konferenzhotels, all das. Und natürlich ein fetter Lohn. Nicht dass er ein besonders ambitionierter Mensch wäre. Guter Durchschnitt, nicht mehr, nicht weniger. Er ist in all den Jahren einfach immer weiter hinaufgereicht worden. Jetzt hockt er da oben und keiner begreift, was er tut.«

»Mag er seine Arbeit wenigstens?«

»Hab ich bis jetzt nicht herausgefunden«, antworte ich. »Falls er es nicht tut, stört sie ihn aber wahrscheinlich nicht groß. Vielleicht reicht es ihm, wenn alles irgendwie ein Stück weit gut gemeint ist.«

»Und deine Mutter?«

»Hat kürzlich ihre dritte Ausbildung abgeschlossen. Sozialpädagogin. Davor war sie Musiktherapeutin. Und vorher Logopädin. In spätestens fünf Jahren wird sie mit der nächsten Ausbildung anfangen.«

Jonas nickt, schenkt nach, hebt sein Glas, betrachtet den Wein, trinkt, betrachtet den Wein erneut. Dann wühlt er in den Sachen, die neben uns auf dem Tisch liegen, findet ein Zigarettenpäckchen, klaubt sich eine heraus und zündet sie an.

»Recycling ist auch gut gemeint«, sagt er.

»Aber sicher schon.«

»Und? Reicht dir das? Das klingt jetzt wahrscheinlich wie deine Mutter, aber erfüllt dich diese Arbeit?«

Ich zucke mit den Schultern, denke nach. Dann sage ich: »Ich bin der Hoffnungsträger meines Chefs. Bald werde ich in seine Fußstapfen treten und mir ganz viele Fragen stellen. Ob der Kunde auch wirklich begreift, worum es bei uns geht. Ob wir auch wirklich alles tun, damit er sich wohlfühlt.«

»Aber jetzt stellst du sie dir noch nicht«, sagt Jonas und zieht an seiner Zigarette.

»Jetzt werfe ich alle meine Fragen auf einen Haufen und schaue ihnen dabei zu, wie sie langsam verrotten.«

Jonas lächelt. Dann greift er zum Weinglas und führt wieder sein Kenner-Getue vor. Es wäre jetzt wohl an der Zeit, dass ich ihn frage, was er in seinem Leben so alles treibt, was er arbeitet und was er nebenher tut. Wahrscheinlich wartet er schon die ganze Zeit darauf. Aber ich habe keine Lust. Stattdessen schaue ich mir die Zeichnungen an, die verstreut auf dem Tisch liegen. Eichenblätter, eine Aprikose, Zigarettenstummel, ein Nachtfalter. Kleine, unendlich pingelige Studien, mit fein gespitztem Bleistift angefertigt. Sie gefallen mir, und was sie mir über Jonas verraten, reicht mir für heute.

Später führt er mich in einen winzigen Raum direkt unter dem Dach. Die Decke ist so tief, dass der Raum nicht einmal als Besenkammer zu benutzen wäre. Auf dem Boden liegt eine Matratze, darauf ein paar Kissen, daneben steht eine Schreibtischlampe. Das sei seine Leseecke für Regentage, sagt Jonas. Eine der schönsten Erinnerungen an seine Kindheit sei, wie er einmal bei Regen einen ganzen Tag lang in einem Zelt gelegen und gelesen habe. Das sei zwar nicht sehr bequem gewesen, aber mit dem Berg von Kissen und der Lampe hier hätte er die Kindheitserinnerung quasi perfektioniert. Ich blicke auf die Bücher, die neben der Matratze liegen. *In Wassermelonen Zucker* von Richard Brautigan. *Utopia* von Thomas Morus. *Lebens-Ansichten des Katers Murr* von Ernst Theodor Amadeus Hoffmann. *Junger Mann mit unauffälliger Vergangenheit* von Jens Steiner. Hoffmann und Morus kenne ich aus der Schule, von den anderen habe ich nie gehört.

»Jetzt regnet's zwar nicht«, sagt Jonas, »aber willst du trotzdem probieren?«

»Was probieren?«

»Na, liegen. Und lesen.«

Leicht unwohl lege ich mich auf die Matratze, Jonas macht die Lampe an und stopft mir ein Kissen unter den Rücken.

»Bequem so?«

Ich nicke.

»Gut. Ich geh noch mal kurz runter. Ich hab da nämlich was Spezielles. Sozusagen die Krönung des Abends. Lies du einfach mal unterdessen. Und fühl dich wie zu Hause.«

Während Jonas die knarrende Holztreppe hinuntersteigt, versuche ich, mich wie zu Hause zu fühlen und greife nach dem Buch des Herrn Brautigan. Ich blättere zur ersten Seite: »In Wassermelonen Zucker ereigneten sich die Taten und Dinge immer und immer wieder, so wie sich mein Leben in Wassermelonen Zucker ereignet. Ich erzähle Ihnen davon, weil ich hier bin und weil Sie weit fort sind.«

Ich höre von unten her ein Klirren und ein Rascheln. Worin die Krönung des Abends wohl besteht? Ich lese weiter. Das Buch handelt von jemandem, der in einem Land voller Brücken und Flüsse lebt, wobei das kleinste

Rinnsal bereits als Fluss gilt. In dem Land wachsen überall Wassermelonen, und alles, was seine Bewohner brauchen, wird ausschließlich aus diesen gefertigt. Es herrscht ein eigentümlicher und magischer Frieden in dem Land.

»Wir haben unser Leben sorgsam aus Wassermelonen Zucker zusammengesetzt und uns dann über Straßen, die von Kiefern und Felsbrocken eingesäumt waren, auf die lange Reise zu unseren Träumen gemacht. Ich habe ein Bett, einen Stuhl, einen Tisch und eine große Truhe, in der ich meine Sachen aufbewahre. Ich habe eine Laterne, in der nachts Öl von Wassermelonenforellen brennt.«

Diese Geschichte hat etwas Verzauberndes und Gespenstisches. Zugleich werde ich den Eindruck nicht los, in einem Quatsch-Kinderbuch gelandet zu sein. Ich lege das Buch hin und stelle mir vor, in einer Badewanne voller Wassermelonenzucker zu liegen. Die Vorstellung gefällt mir.

Das Rascheln von unten hat aufgehört, das Klirren aber kommt nun näher und zu ihm gesellt sich das Trapp-Trapp von Jonas' Schritten auf der Holztreppe. Er erscheint mit zwei Gläsern auf einem Tablett, stellt sie neben das Bett und setzt sich im Schneidersitz neben die Matratze.

»White Russian. Mit Sahne wär besser, aber Milch tut's auch. Ich hoffe, das ist dir als Krönung würdig genug. Prost.«

Wir stoßen an und trinken. Süße Angelegenheit, denke ich und nehme noch einen Schluck. Jonas zeigt auf das aufgeschlagene Buch neben mir und sagt: »Brautigan. Er ist mein absolutes Vorbild. Ein Mensch wie kein anderer. Das Buch musst du unbedingt lesen. Ich leih's dir aus. Ach was, ich schenke es dir.«

Ich nicke zum Dank und nehme noch einen Schluck von dem White Russian. Jonas erzählt mir von seinen Lektüren, welches Buch warum auf welches folgt und warum genau dieses und nicht ein anderes und wohin das führt und weshalb es überhaupt irgendwohin führt. Ich nicke immer wieder mal und frage mich, wie lange es dauert, bis Jonas mich nach meinen Lektüren fragt. Er tut es nicht. Vielleicht hat er längst begriffen, dass ich ein ausgesprochener Wenigleser bin. Und das obwohl ich aus einer Familie komme, in der man Wert auf eine gut sortierte Hausbibliothek legt. Ich lasse meinen Blick über die alten Dachbalken gleiten. Ein Weberknecht hängt direkt über meinem Kopf und wippt auf seinen langen Nadelbeinen. Ich rutsche ein Stück zur Seite. Im nächsten Augenblick wird er herunterfallen, denke ich. Er tut es nicht. Ich behalte ihn weiter im Auge.

Der Abend schreitet wie auf weichen, filzigen Pantoffelsohlen voran. Jonas bröselt Ansichten und Überzeugungen von sich, ich nicke, manchmal lache ich, ab und zu gebe ich einen Kommentar ab. Das üppige Essen und der White Russian machen mich schläfrig, ich höre nur noch die Hälfte, und irgendwann bemerke ich, dass Jonas seine Mitteilungen eingestellt hat. Er ist noch vor mir eingeschlafen, mitten in der Rede.

Ich nehme das Buch von Richard Brautigan und steige vorsichtig die knarrende Treppe hinunter. Wenig später stehe ich auf der Brücke und blicke auf die Wasserwalze. Im Halbdunkel sieht man nicht viel von ihr. Aber man spürt sie. Ihre Kraft. Ihre schäumende Wut. Stets erledigt sie ihre Arbeit mit der gleichen Gründlichkeit, und doch scheint es mir, als tue sie es jetzt noch gründlicher als sonst. Etwas in der Größe eines Blumentopfs tanzt im Rückwasser und taucht ab, tanzt und taucht ab. Schnell drehe ich mich um und marschiere los. Etwas zieht mich, ich weiß nicht, was es ist. Sehr wohl aber weiß ich, wohin es mich zieht.

Ich finde die Lücke im Zaun auf Anhieb. Ich habe sie bis jetzt nie gebraucht, habe keine Ahnung, ob sie groß genug ist für mich. Nach einigem Reißen und Ächzen weiß ich, dass es knapp reicht. Auf leisen Sohlen tappe ich in Richtung der drei weißen Ungetüme. Im Winterquartier der Schausteller faucht eine Katze, auf der anderen Seite ertönt das schwache Rauschen der Autobahn. Sonst ist es still.

Ich klettere auf das erste der drei weißen Ungetüme und lasse mich so leise wie möglich in seinen Schlund hinabgleiten. Dann lege ich mich zwischen Sofapolster, Regalbretter und Lampenschirme. Weit oben das fahle Grau des Dachs, direkt über mir der Oberkiefer des Presscontainers, um mich herum nichts als Finsternis. Unter meinem Rücken spüre ich die Gegenstände aus Holz, Blech und Pappmaché. Sie drücken und piksen mich, und dennoch ist es mir wohl hier. All die Sofas, Bücherregale und Lampen waren auch einmal Hoffnungsträger, waren Teil eines Teams, des Teams Eigenheim, des Teams Jungfirma, des Teams Wohngemeinschaft. Jetzt sind sie hier gelandet, vergessen von der Welt und den Menschen, die sie loswerden wollten.

Ich liege inmitten der Dinge und denke an die Zukunft. Daran, wie ich in Uwes Fußstapfen treten und mich voll und ganz dem Irrsinn stellen werde, der hier tagtäglich wütet. Wie Uwe werde ich den Ramschloswerdern entgegengehen und ihnen mit ausgesuchter Höflichkeit ihre Niedertracht zu erhalten helfen. Sie ist winzig klein im Vergleich zu dem Wüten der Kriege und der Spiele der Mächtigen, und doch sind beide Seiten unübersehbar miteinander verwandt.

Ich liege inmitten der Dinge und begreife, dass man als Ding über all das, was der Mensch erfindet, nur lachen kann: das Hoffnungsträgertum, Hühnerställe, Dessert-Cocktails, Recyclinghöfe, Kriege, die Kindheit, die Zukunft.

Diese Stille hier um mich herum. Einmal höre ich das Röhren einer Toilettenspüle im Winterlager der Schausteller. Manchmal ein Tier irgendwo bei den Schrebergärten. Und von der Autobahn her wie immer das Rauschen. Hier aber, wo es tagsüber knarrt und knackt, scheppert und rattert, hier ist Stille. Eine halbe Stunde oder länger liege ich da. Dann werde ich wieder zum Menschen und klettere aus dem Presscontainer.

Jetzt bloß nicht weiter nachdenken, sage ich mir, als ich zu Hause ankomme, lege das Buch von Richard Brautigan neben mein Bett und schlafe ein.

7

Als ich siebzehn war, unternahm ich meine erste große Reise. Nachdem mich die Billig-Airline in Istanbul abgesetzt hatte, tingelte ich auf dem Landweg im Zickzack nach Hause zurück, durch Griechenland, Bulgarien, Serbien, Kroatien, Slowenien, Ungarn und Österreich. Ich lag in sauer riechenden Schlafsälen, lauschte dem Flüstern und Schnarchen anderer Reisender und tat kein Auge zu. Ich saß in bröckelnden Busbahnhöfen und wartete tagelang auf den Anschluss. Ich beobachtete in den Dörfern Frauen und Männer, die sich im Freien die Füße wuschen, und fand selber wochenlang keine Dusche. Ich reiste, ohne zu wissen, wie man reist. Langsam kam ich voran, jede Ankunft war ein kleines Wunder.

Auf dem Basar von Istanbul kaufte ich zwei blau schimmernde Teegläser, in Varna ein buntes Strandtuch mit Meer, Sonne und Longdrink als Motiv, in Niš drei Kugelschreiber zum Preis von zweien. Die Teegläser gingen noch vor der Grenze bei İpsala zu Bruch, das Strandtuch zerfiel nach einem Bad in einem bulgarischen Weiher in seine Einzelfäden und die Kugelschreiber gaben im Zug nach Budapest kurz hintereinander den Geist auf. Konnte man ihnen ihre schnellen Abgänge verübeln? Die Teegläser waren in Indien hergestellt worden, das Strandtuch in Bangladesh und die Kugelschreiber im fernen China.

In Bansko trank ich mit der Besitzerin einer Herberge eine Flasche Kartoffelschnaps und fiel bewusstlos vom Stuhl. In Belgrad becherte ich mit einem dicken Italiener und einem langen Franzosen Dosenbier und schlief meinen Rausch in der alten Festung hoch über dem Zusammenfluss von Save und Donau aus. In Keszthely pichelte ich mit einer Horde lauter Menschen Wein direkt aus dem Karton. Alle meine Saufbrüder und -schwestern priesen beim Trinken ihre Heimat, als ob der Alkohol ihnen etwas darüber beibrächte.

In Kavala verriet mir ein Japaner namens Hiroki, ein leidenschaftlicher Sammler von getragenen Plissee-Miniröcken mit Schottenmuster zu sein. In Plovdiv bot mir ein rehäugiger Libanese eine lebenslange Brieffreundschaft an. In Varaždin verliebte ich mich in ein Mädchen mit hennaroter Mähne und schenkte ihr eine Halskette aus Plastik. In Györ traf ich einen Studenten aus Mauritius, der mir in einer betörenden Mischung aus Französisch und Englisch darlegte, warum ungarische Frauen die schönsten der Welt sind.

Ich lernte, Wunder von Anfängerglück zu unterscheiden, und mir war dabei, als ob mein weicher Kinderschädel erst jetzt richtig aushärtete. Ich fragte mich, ob dieses Gefühl mit der Gutmeiner-Weisheit zu tun hatte, die mir meine Eltern auf den Weg gegeben hatten. »Das Leben da draußen wird deinen Flausen guttun«, hatten sie gesagt. Daraufhin hatte ich meinen Rucksack geschultert und mir vorgenommen, in Zukunft alle Gutmeiner-Weisheiten in den Wind zu schlagen.

Als ich aus dem europäischen Osten herausgeschwemmt wurde und in Wien ankam, geriet ich auf den berühmten Naschmarkt. Weil Samstag war, bestand das Angebot nicht nur aus Frischwaren und Leckereien, sondern auch aus allerlei Trödel. Vom Karlsplatz her wandelte ich durch Gassen zwischen Markthäuschen mit täglich gleichem Angebot und angeschriebenen Preisen, allmählich lockerte sich die Ordnung, die Häuschen wurden zu Ständen und die Stände allmählich unstabiler, wobei das Angebot zwischen Billigtrödel und echten Antiquitäten wechselte. Am Ende bestanden die Stände nur noch aus Wühltischen und am Boden ausgebreiteten Plastikfolien, auf denen die Leute in schäbigstem Zeug kramten.

Dieser Teil des Markts stand unter einem anderen Gesetz als der vordere, er war ein Zipfel Orient im deutschsprachigen Europa. Hier ging es ganz offenbar um reine Gebrauchsware ohne Schönheitswert. Doch je länger ich den wühlenden Menschen zusah, desto mehr fragte ich mich, ob das mit dem anderen Gesetz ein grobes Missverständnis war. Ob die Balkankundschaft in dem Ramsch nicht vielmehr eine Aura sah, für die ein Westeuropäer wie ich blind war. Ob diese Leute nicht nach dem besten Preis-Leistungs-Verhältnis wühlten, sondern wie Hinz und Kunz aus dem Westen nach dem einen Ding, das ihre Wünsche widerspiegelte oder eine ganz bestimmte Erinnerung hervorrief.

Ich ließ den Naschmarkt hinter mir, stieg steile Treppen hoch und kam bald zur Mariahilfer Straße. Auch hier ein Wühlen von Geschäft zu Geschäft, zwischendurch Kaffee mit Kuchen, Pommes mit Cola, Döner mit Bier. Mich überkam ein Widerwille, aber ich wusste zugleich, dass dies nun mal das Wesen der Städte war und dass all dies der Grund gewesen war, meine Reise zu machen. Ich hatte den Wunsch gehabt, das Leben zu sehen, hier war es, was wollte ich mehr? Ich beschloss, die folgende

Nacht unter einer Donaubrücke zu verbringen, damit ich am Ende meiner Reise wenigstens einmal auch dieses Leben sähe. Die Ordnungskräfte fanden das keine gute Idee und halfen mir, eine Unterkunft zu finden, und so verpasste ich das andere Leben auch an diesem Tag.

Als ich zu Hause ankam, fand ich, kurz bevor ich aus dem Zug stieg, ein braunes Schreibetui mit Hasenohren aus Filz. Mehrere Farbstifte, zwei Füller und ein durchsichtiger Anspitzer guckten aus der dunklen Öffnung hervor. Ich wusste augenblicklich, dass dies die Rückkehr meiner auf der Reise verlorenen Dinge war. Ja, dieses Etui trug die Teegläser als Anspitzer, das Strandtuch als Hasenohren und das Schreibzeug als Schreibzeug in sich. In ihm hatten sie gemeinsam zu mir zurückgefunden. Ich packte das Etui in den Rucksack und verließ den Zug.

Meine Eltern waren glücklich, dass ich mich aufgemacht hatte, die Welt zu erobern und etwas über das Leben zu lernen. Und noch glücklicher, dass ich heil zurückgekommen war. Doch was genau ich gelernt hatte, danach wurde nicht gefragt. Ich musste es mir im Stillen selber zurechtlegen: Ich hatte gelernt, dass der Alkohol mir nichts über meine Heimat oder die geliebte Ferne beibringt, dass jedes Ding ein Vexierbild ist und dass die Menschen die Fremde am liebsten dazu benutzen, anonyme Komplizen für ihre Geheimnisse zu finden.

Das war 2004. In derselben Welt, durch die ich gereist war, wurde der Filmemacher Theo van Gogh auf offener Straße erstochen, wüteten namenlose Selbstmordattentäter, ließen die Terroristen ihre Bomben hochgehen. Alles ging weiter seinen finsteren Gang und ich führte immer noch häufiger Gespräche mit Gegenständen als mit meinen Mitmenschen.

8

Ein feines Rascheln in der Zypressenhecke. Knapp über dem Boden zuckt ein Zweig. Ich lasse das Fettsieb los und halte inne. Das Rascheln wiederholt sich einmal, zweimal, das Zucken bewegt sich durch die Hecke nach oben. Ich sehe eine gefiederte Schattengestalt, einen Schnabel wie eine fein geschliffene Pfeilspitze, ein gelb umrahmtes Auge: ein Amselmännchen. Nun taucht es am oberen Rand der Hecke auf und blickt zu mir herüber. Eine taugliche Handvoll Vogel, denke ich und nicke ihr freundschaftlich zu. Sie antwortet mit einer seitlichen Kopfbewegung. Dann mustern wir uns eine Weile. Ich lächle, die Amsel bleibt skeptisch. Recht hat sie! Traue keinem ungefiederten Zweibeiner, egal welchen Alters.

Sie schwirrt davon, die Hecke raschelt noch einmal. Ich drücke den Rücken durch, ziehe die blaue Jacke mit den gelben Streifen aus, hänge sie an einen Haken an der Seitenwand des Altölbehälters und beuge mich wieder über die Fettsiebe.

João kommt um die Ecke. In seinem Gesicht hat sich ein vielsagendes Grinsen festgeharkt. Ich arbeite ungerührt weiter. João klopft mit der Faust an die Wand des Altölbehälters, der Behälter antwortet mit einem sanften Wummern.

»He, Philipp, alter Freund, wie steht's, wie geht's?«

Ich erhebe mich, wische mir mit dem Ärmel Schweiß von der Stirn. Ich sage: »Gut, warum?«

João lacht. »Haha, immer fröhlich, der Junge. Weißt du, ich sage jeden Tag zum Kollega Turo: ›Dieser Philipp mit Lockehaar und lustige Augen und immer fröhlich, kann er haben alle Fraue von die Welt.‹ Aber bist auch ein Guter, und deshalb darfst du nur die beste Fraue nehmen. Versprechst du mir das bitte?«

Ich nicke. João schlägt noch einmal mit der Faust gegen die Behälterwand, schaut sich um. Dann kratzt er sich am Kinn und fährt fort: »Und sonst? Alles picobello bei dir?«

»Aber sicher.«

»Und Sattel vom Velo?«

»Du meinst den Brooks? Der ist daheim.«

»Super, Philipp, super.«

Wieder schaut er sich verstohlen um. Krachendes Räuspern, dann leise: »Du, Philipp.«

»Was?«

»Weißt du noch, der Hühnerstall?«

»Klar.«

»Und Materiallager?«

»Eh schon.«

»Nicht schlecht, die Hütte, was? Du weißt Bescheid von Wertschätzung von diese Dinge, wo Turo und ich aufbewahren. Du bist ein gescheiter Junge.«

»Schon.«

João lacht. Er wendet sich ab, wirft abermals einen verstohlenen Blick in die Runde, dreht sich wieder um, sagt: »He, Philipp, pass auf! Uwe lernt dir viele Sache von Reziklasche und all das Zeug drum herum. Lernt dir alle

Name von Vergearbeitungprozess und so weiter. Alles picobello. Uwe ist ein Super-Chef, sind wir alle einig. Aber Uwe hat ein Problem: Er weiß nicht alles. Gibt's Dinge, wo Uwe ist nicht unbedingt Experte. Verstehst?«

Ich nicke.

»Gibt's Dinge, wo Uwe nicht begreift, dass Dimension viel größer ist. Reziklaschedimension zum Beispiel. Dimension von Reziklasche ist so groß wie das Universum. Sehr komplex, mit Vergearbeitungprozesse und alles. Und auch mit Problem: Korrekter Prozess ist nicht immer ekologisch. Weil wer bestimmt, was ist korrekter Prozess? Industrie! Die, wo verdienen Geld mit korrekter Prozess. Und weißt du genau, Philipp, weil bist nicht blöd: Geld verdienen und Ekologie haben ein Problem zusammen.«

»Klar doch.«

»Ich bin auch interessiert von Prozesse, Philipp. Sehr interessiert sogar, du kennst mich ja. Aber mein Prozess ist nicht der korrekte Prozess, weil nicht empfehlt von Industrie. Keine Vergearbeitung. Aber Reziklasche à la João hat auch Vorteile. Keine Vergearbeitung heißt keine Energie, heißt keine Verschmutzung. Verstehst?«

»Klar. Und?«

João nestelt in der Tasche am Hosenbein, zieht einen Papierfetzen heraus.

»Philipp, wo alle Fraue auf der Welt kann haben, hör mal. Hier Liste mit Angebote. Alles da, beste Qualität, du kennst mich. Reziklasche à la João heißt ganz einfach: Bringst du Angebot und Nachfrage zusammen. Und wenn nicht Nachfrage, dann Eventuellnachfrage. Schau dir Liste an, überleg mal, ob dir einfallt eine Nachfrage. Bei dir im Bienehaus oder Freunde oder Familie.«

João faltet den Fetzen zweimal und überreicht ihn mir.

»Nimmst du in deine Tasche und überlegst ruhig zu Haus. In João-Prozess gibt es kein Stress.«

Ich nicke. João setzt sich in Bewegung und sagt: »Muss wieder, Presscontainer wartet. Wollen wir um Gottes willen nicht, dass Chef Uwe sich besorgen machen muss, gell! Und das mit Liste und alles, was ich dir jetzt geklärt hab, braucht er nicht wissen! Weißt du, was ich meine? Ja, du weißt!«

Und weg ist er. Schon lange habe ich damit gerechnet, dass João mich eines Tages für sein Nebengeschäft anheuert. Jetzt hat er es endlich getan, aber mir ist nicht wohl dabei. Das hat nichts mit Rücksicht auf meinen Chef oder etwas Ähnlichem zu tun. Joãos Geschäft schadet Uwes Zuständigkeitsbereich keineswegs, im Gegenteil, alles ergänzt sich eigentlich hervorragend. Mir ist nicht wohl dabei, weil Joãos Geschäft wie alle Geschäfte wachsen will, weil es wie jedes Geschäft die Weltherrschaft anstrebt. Ich aber will keine Herrschaft, ich will im dunklen Dickicht der Gegenwart bleiben. Mir gefällt es hier. Warum muss man immer besser werden, warum immer noch ein Diplom erwerben, warum immer weiter dorthin streben, wo die Luft dünn ist, wo Stressjob und Haushypothek ständig die Hand an deiner Gurgel haben? Ich verstehe es nicht und will es nicht verstehen. Deshalb verkehre ich mit der Amsel und der Bachstelze auf gleichem Fuß, sammle Silberpapiere und lache gemeinsam mit den Dingen über die Menschen und ihr Tun.

Ein Windstoß stibitzt mir Joãos Zettel aus der Hand. Er flattert über die Hecke, der Windstoß lässt nach, der

Zettel sinkt herab und verschwindet hinter der dichten Wand aus Grün. Ich strecke mich, verlagere mein Gewicht auf die Zehenspitzen, aber es nützt nichts. Vom Winterlager der Schausteller sehe ich bloß ein paar Fahnenstangen und Kaminrohre.

Ich springe vom Altölbehälter und gehe zur Hecke. Durch den Zaun auf unserer Seite ist sie bis auf zwei Drittel der Höhe undurchdringlich. Ich klettere auf den Zaun, doch die Hecke überragt ihn noch um einen ganzen Meter. Unmöglich, da drüberzukommen. Ich muss durch die Hecke hindurch, so wie die Amsel.

Weil das Gestrüpp so dicht ist, muss ich mich regelrecht hineindrücken in die Masse aus Zypressennadeln und Zweigen. Als ich mit dem Kopf schon in der Hecke stecke, merke ich, dass mein linker Schuh am Zaun festhängt. Ich strample und strample, mein Oberkörper fällt Zweig für Zweig in die Tiefe, doch der Schuh will und will sich nicht lösen. Ich versuche, mich wieder hochzuhieven, aber in die andere Richtung scheint die Hecke noch weniger durchlässig. Warum wollte ich da hinüber, frage ich mich, Joãos Zettel interessiert mich doch überhaupt nicht. Auch dieser Gedanke ist mir keine Hilfe. Ich strample noch ein paar Mal, aber nichts bewegt sich. Ein trauriger Klumpen Mensch, gefangen in behäbiger Biomasse. Als ich mir vorstelle, wie die Amsel auf dem Altölbehälter steht, mein unbeholfenes Stoßen und Zucken beobachtet und sich in ihrer Skepsis bestätigt fühlt, löst sich plötzlich der Fuß und ich rausche durch den unteren Teil der Hecke in die Tiefe.

Die letzte Etappe meiner Heckendurchquerung absolviere ich auf dem Boden kriechend. Dann erhebe ich mich, klopfe mir die Hose ab, schüttle Nadeln aus dem Haar und schaue mich um. Links und rechts holzverschalte Wohnwagen, das Holz bei den meisten dunkel gebeizt, dazu je eine Veranda mit Kunstrasen und weißen Plastikstühlen. Hier ein schweres Motorrad, dort eine Burg von einem Grill, mit Steinkamin und angebautem Holzdepot. In der Höhe die Fahnenstangen und Kaminrohre, die man auch von der anderen Seite sieht. In der Ferne Hundegebell und das Rauschen der Autobahn. Kein Mensch lässt sich blicken.

Da ist Joãos Zettel, direkt vor meinen Füßen.

Just als ich ihn aufhebe, erscheint vor mir eine Frau im rosa Bademantel. Sie ist mittleren Alters, wirkt drall und doch beweglich, ihre ölig faltige Haut verrät sie als regelmäßige Solarium-Gängerin.

»Oh, là, là, wen haben wir denn da? Du musst der Neffe vom Zamboni sein. Fängst diese Saison am Scooter an, hab ich recht? Brauchst es gar nicht abzustreiten, ich weiß eh über alle Bescheid hier. Wie war noch mal der werte Name?«

Auf so einen Empfang bin ich nicht vorbereitet. Ich stottere: »Phi… Phi …«

»Fifi? Ach, wie süß! Passt zu deinem Wuschelkopf. Komm doch rein in die gute Stube, ich bin ganz gierig darauf, dich zu begutachten, fescher Fifi!«

Sie geht durch eine Tür. Ich werfe einen Blick nach links und nach rechts, zucke mit den Schultern und trete ebenfalls ein. Es ist dunkel in dem Gang, ich folge einem wackelnden Hintern im leuchtend rosa Bademantel. Dann wird es heller, links an der Wand eine Kuckucksuhr aus Plastik, rechts ein Plakat von der Weltausstellung in Sevilla, darunter eine schmale Couch, geradeaus ein Tisch und eine Eckbank.

»Setz dich, ich bring dir Kaffee!«

Ich nehme am Tisch Platz, sie blickt mich an, wackelt mit dem Kopf und sagt: »Na, du gehörst wohl zu den Anständigen. Andere fläzen sich gleich auf die Couch und machen auf Macker, aber schon recht, wir können uns auch so näherkommen, gell. Zucker?«

»Drei Stück gerne.«

Die Frau stellt uns beiden je eine Tasse hin, setzt sich auf einen Stuhl und mustert mich amüsiert. Ihr Bademantel fällt über den Oberschenkeln auseinander, sie macht keine Anstalten, ihn zusammenzunesteln. Ich greife nach der Kaffeetasse und rühre um.

»Man kann es sich kaum vorstellen, dass ein Zamboni einen solchen Prachtkerl auf die Welt gestellt hat. Nichts für ungut, aber ihr seid nun mal keine Sippe von Schönheitskönigen!«

Ich winke ab, als ob ich genau wüsste, was sie meint, und puste in den Kaffee.

»Und sonst?«, sagt die Frau. »Was hast du vor außer einen Sommer lang Scooter? Das kann doch nicht alles gewesen sein. Du bist ein Glücksritter, das seh ich dir an. Du hast's faustdick hinter den Ohren. Ich kenne mich aus mit Kerls wie dir.«

Sie öffnet die Beine und schlägt sie wieder zusammen. Der Bademantel fällt noch ein Stück weiter auseinander. Die Kuckucksuhr tickt. Ich nehme einen Schluck Kaffee und blicke zum Fenster hinaus.

»Glücksritter, aber noch ein bisschen schüchtern, was?«, sagt die Frau und lacht. »Ach, diese jungen Männer heute. Ich weiß nicht, einfach eine andere Generation. Aber schon recht so. Wenn der Benno mich in flagranti erwischt, haut er mich grün und blau.«

Ich trinke noch einen Schluck und sage: »Nicht schlecht, der Kaffee.«

»Um ehrlich zu sein, er hat ganz recht«, fährt sie fort, als ob sie mich nicht gehört hätte. »Man glaubt, mit dem Alter wird man klüger, aber das ist Hafenkäse. Jedenfalls, was mich angeht.« Sie lacht. »Wenn ich einen Mann mit dem gewissen Etwas treffe, dann kenne ich kein Halten mehr. Dann hat die Vernunft da oben nichts mehr zu melden, verstehst? Übrigens kommt er gleich.«

»Wer?«

»Der Benno natürlich. Freut sich bestimmt, dich kennenzulernen.«

Sie lacht. Ich stelle die Tasse hin, nehme mein Handy aus der Hosentasche und werfe einen Blick darauf. »Blöd, ich muss schon wieder«, sage ich und stecke das Handy wieder ein. »Mein Onkel wollte noch zum Spengler, wegen einem Stützelement oder so, weiß nicht genau. Auf jeden Fall soll ich da unbedingt mitgehen, damit ich nächstes Mal selber ...«

»Jaja, hab schon verstanden.«

Die Frau zieht sich eine Haarsträhne übers Gesicht und grinst. Ich erhebe mich, deute eine Verbeugung an. Die Frau schüttelt den Kopf. Dann tätschelt sie mir die Wange und sagt: »Fifi. Du bist mir ja einer. Ts-ts-ts. So, und jetzt zisch ab.«

Als ich draußen um die Ecke biege, sehe ich von der anderen Seite her einen Mann herankommen. Er steckt in schmierigen blauen Arbeitshosen, zerrissenem T-Shirt und Lederweste, zwischen seinen Augen thront eine dunkle Zornesfalte. Er blickt mir hinterher, dann verschwindet er in dem Wohnwagen, aus dem ich kurz zuvor herausgetreten bin. Ich gehe eiligst weiter.

Drei Minuten später, nach einer neuerlichen Irrfahrt durch die Heckenwelt zwischen Schaustellern und Recyclinghof, stehe ich am Altölbehälter und räume meine Utensilien zusammen.

Uwe kommt. »Holla, die Waldfee, was treibst denn du immer noch hier? Müsstest du nicht längst fertig sein?«

»Na ja«, sage ich, »der Altölbehälter hat's nicht leicht in seiner Ecke, und da dachte ich mir …«

»Und da dachtest du dir, du kümmerst dich besonders liebevoll um ihn?«, sagt Uwe. »Philipp, du bist einfach der Größte. Wie konnte ich nur so misstrauisch sein. Entschuldige tausend Mal.«

Ich winke ab. Uwe fährt fort: »Weißt du, Philipp, das ist genau die Haltung, die ich mir manchmal von unserem Schau wünsche. Verantwortung und Mitgefühl. Der Schau ist weißgott kein Schlechter, aber die wirklichen Dimensionen unserer Arbeit hat er bis heute nicht begriffen. Wären wir alle solche Minimalisten wie er, herrje, ich will mir gar nicht erst vorstellen, wie es hier aussähe.«

Ich nicke und muss dabei an Uwes Puppentheater im Bürocontainer denken. Auch das ist eine Dimension unserer Arbeit, aber abgesehen von unserem Chef kennt sie keiner. Vielleicht ganz gut so.

Uwe klopft mir auf die Schultern. Er sagt: »So, und jetzt genehmigen wir uns ein Käffchen, Philipp. Das haben wir uns verdient!«

Während Uwe sich um den Kaffee kümmert, sitzen Arturo und ich vor der Pausenbaracke und schauen João zu, der sich in den Kofferraum eines Recyclers beugt. Der Recycler nimmt sein Handy aus der Hosentasche und tippt darauf herum, auf der Hosentasche zeichnet sich eine rechteckige Ausbeulung ab. Dann zieht João den Kopf aus dem Kofferraum und zeigt hintereinander auf verschiedene Behälter. Der Recycler lässt sein Handy in der Hosentasche verschwinden. Es landet ohne sein Zutun passgenau in der Ausbeulung.

Ich lasse den Blick durch die Gegend schweifen. Zu meiner Linken der notorische Nichtstuer Arturo. Hinten in der Baracke Uwe, der mit Kaffeekanne und Tassen hantiert und dabei ein Liedchen pfeift. Hier ich. Es könnte ewig so weitergehen, denke ich. Wird es aber nicht. Gut möglich, dass es schon bald zu Ende geht. Vielleicht hatte die Frau bei den Schaustellern recht. Vielleicht bin ich tatsächlich ein Glücksritter. Ich befinde mich auf der Suche, auch wenn ich noch nicht weiß, wonach. Ich warte auf die nächstbeste Gelegenheit, von hier wegzukommen, auch wenn ich jeden, der dies von mir behauptet, gnadenlos auslache.

Ich greife in die Hosentasche, ziehe einen Zettel hervor. Langsam falte ich ihn auf und lese.

- *Füsse von Weinachtbaum, Metal o. Plastic o. Glas, riesige Sortiment*
- *Porcelangeschirr mit Goldran u. Muster, Serie von 4 o. 8 Stuck*
- *Ofen fur Pizza u. Raklett, nie genutzt*
- *div. elektrisch Gerate: Hand staubsuger, Kaffemaschine, Mixer u. viel andere*
- *Kopfhalter von Autositz, Marken Audi, BMV, Volkswage, Renaul, Peugo, Citron, Fiat, Dacia, Lancia, Alfa, Nissan, Mitshubihsi*
- *Shirt für Fussballer in Farbe blau, grun, gelb, rot, weiss, mit Numero o. ohne, Grosse von S – XXL*

- *Lampe fur Decke o. Stehlampe, exklusiv Desin von Danemark, Deutschlan und Schwede*
- *Licht schalte historisch aus Porcelan (sehr selte!)*

alle Ware fachmannisch gepruf und 100 % funktionstuchtig

Ich falte den Zettel zusammen und stecke ihn wieder ein. Uwe bringt den Kaffee. Dann sitzen wir da, schlürfen das herrliche Gebräu und sagen nichts. Für kurze Zeit ist es mir, als wäre hier alles normal. Für kurze Zeit kommt es mir vor, als bilde ich mir alles Ungemach der Welt nur ein.

9

Die Sonne scheint schräg durchs Fenster auf ihren Körper, lässt Schienbeine, Kniescheiben und Oberschenkel matt schimmern. Zwischen ihren Beinen lagert ein Schatten. Ihre Zehen tanzen einen langsamen, unbeholfenen Rhythmus. Wie Babyhände, die nichts anderes können als auf und zu.

Ich sauge den Duft ihres Kopfs, ihres Nackens, ihrer Schultern ein. Meine Hände gleiten durch ihr Haar, massieren in langsamen, weichen Kreisen die Kopfhaut. Manchmal dreht sie ihren Kopf leicht ab, um mir zu zeigen, welche Stelle bislang zu kurz gekommen ist. Wenn ich die Stelle berühre, seufzt sie leise.

Ein fauler Samstag ist das heute, Milas Bett wie ein großer, mächtiger Magnet. Wir kommen da einfach nicht mehr heraus. Ich summe schon wieder jenes titellose Lied, das mir seit ein paar Tagen hinterherläuft. Wenn ich mich ihm voll und ganz hingebe, bin ich es schneller wieder los, habe ich mir vorgestellt, aber Mila sieht das anders und drückt mir die Hand auf den Mund. Dann greift sie nach Schöberlis Zeitungsausschnitten, die ich mitgebracht habe. Sie raschelt damit herum, gluckst, wählt einen aus und liest vor.

»Eine Untersuchung der Universität Cambridge hat ergeben, dass Schimpansenjungen häufiger mit Objekten spielen als Schimpansenmädchen. Diese aber zeigen mehr Kreativität im Umgang mit den Objekten. Sie zerbeißen oder zerbrechen sie und tragen sie herum. Dieser Umstand könnte auf eine gemeinsame Evolutionsgeschichte mit den Menschen in dieser Hinsicht hinweisen, so die Forscher.«

Ich fahre mit den Fingern über die Ränder ihrer Ohren, massiere die Ohrläppchen. Mila zieht die Beine an und reibt die Knie aneinander. »Komischer Kerl. Ist er Hobby-Zoologe oder so etwas?«, fragt sie.

Meine Finger halten kurz inne, ich antworte: »Vielleicht. Vielleicht auch nicht. Ich hab's bis jetzt nicht herausgefunden. Und er hat's mir auch nicht gesagt.« Ich massiere weiter.

»Und was sagt er sonst so?«

»Meistens gar nichts. Er legt mir die Ausschnitte vor die Tür und geht wieder. Manchmal treffe ich ihn im Treppenhaus, und er sagt: ›Du, Philipp, ich hab eine Menge interessante Sachen. Alles extra für dich aufgehoben. Ich leg sie dir nachher hin.‹ Fünfunddreißig Jahre lang Angestellter in einem städtischen Archiv. Seit drei Jahren ist er pensioniert und archiviert immer weiter. Statt alter Dokumente sind's nun Zeitungsausschnitte.«

Mila lacht, ich küsse sie auf den Nacken. Dann kraulen meine Finger durch ihr Haar. Sie seufzt und reibt die Knie schneller aneinander.

Nachdem ich gestern Abend hier oben angekommen war, an der Tür geklingelt hatte und nach langem Warten endlich Milas Gesicht im Türspalt erschienen war, ging es wie immer sehr schnell. Eine Spur von Kleidungsstücken quer durch die kleine Wohnung, wir haben's nicht mal bis zu ihrem Bett geschafft.

Der Wecker zeigt zehn Uhr dreißig an. Als wir aufgewacht sind, ist es nicht anders gewesen als gestern Abend. Wir konnten noch immer nicht genug voneinander haben. Nach dem Aufwachen ist Milas Körper warm und weich und unwiderstehlich. Es hat lange gedauert, bis die Erschöpfung uns übermannt hat. Jetzt liegen wir still da, die Sonne wärmt das Zimmer auf. Draußen vor dem Fenster hallen Kindergeschrei und eine laute Vespa.

Mila raschelt erneut im Stapel, hält zwei Artikel nebeneinander, gibt ein langes »Hmmm« von sich und entscheidet sich schließlich. »Spannende Fakten über den menschlichen Körper«, liest sie laut. »Wussten Sie, dass unsere Fingernägel im Laufe eines Lebens um 28 Meter wachsen? Haben Sie sich schon einmal gefragt, wie viel Urin der Mensch in seinem Leben produziert? Man möchte es sich nicht unbedingt vorstellen, aber 34 830 Liter oder 315 lauwarme Badewannen-Füllungen sind doch imposant. Und haben Sie jemals ausgerechnet, wie viele Kilometer Haar Ihr Kopf produziert? Bei 0,4 Millimeter Wachstum pro Tag und durchschnittlich 100 000 Kopfhaaren liegt die Produktionsleistung bei etwa 40 Meter Haar täglich. Im Monat wären das rund 1200 Meter neues Haar, in achtzig Jahren 1152 Kilometer.«

Mila lässt den Zeitungsausschnitt fallen, hält sich ein Bündel Haarspitzen vors Gesicht und starrt es an. Als ob sie ihre Haare beim heimlichen Wachsen erwischen wollte.

»Weißt du, wie viele Kilometer Fingernägel du bei deiner Arbeit schon gefeilt und angemalt hast?«, frage ich.

Mila hebt flugs den Zeigefinger in die Höhe und wackelt damit vor meinem Gesicht herum. »Ich male prinzipiell keine Fingernägel an, mein Lieber, das weißt du.

Könnte ich auch gar nicht. Ich bearbeite nur Gesichter. Lippen, Augen, Wimpern, Wangen, und selbstverständlich auch die Näschen der Damen.«

Mila arbeitet in einer Art Schönheitssalon, in dem Frauen sich nach Voranmeldung das Gesicht anmalen und Tipps geben lassen. Und danach bestenfalls die empfohlenen Schminkprodukte kaufen. Ohne den Verkauf der Produkte könnte der Laden nicht überleben, aber es sei keineswegs das Ziel, möglichst viel Ware zu verkaufen. Fürs Gesicht lieber wenig Cremes und Make-up, dafür alles von bester Qualität. Das ist der Leitspruch der Chefin, einer kleinen, manisch gut gelaunten Brünetten. Die Schminksachen würden konsequent nach ökologischen Richtlinien hergestellt. Der Andrang sei groß, vier bis fünf Wochen dauere die Wartezeit für Kundinnen.

»Außerdem will ich das nicht«, fährt Mila fort. »Das mit den Fingernägeln, meine ich. Ist zu unpraktisch. Schau mal meine an. Schön sind die nicht.«

Sie streckt die Hand an mein Gesicht. Ich greife danach und küsse jeden einzelnen Fingernagel. Ich finde, dass Mila die schönsten Fingernägel der Welt hat. Aber speziell hergemacht sind sie tatsächlich nicht. Mila schminkt sich auch nicht oft, wie man das bei ihrem Beruf erwarten könnte. Überhaupt kann man über ihre Jobwahl nur staunen. Und doch liebt sie ihre Arbeit. Sie mag die Ergriffenheit der Frauen, wenn sie von der Wirksamkeit eines Peelings oder von der Sexyness eines Lidschattens sprechen. All die Tübchen, Töpfchen und Stifte, sagt Mila, seien im Grunde genommen nichts anderes als Zauberutensilien. Streiche man eine Creme auf das Gesicht der Kundin, übertrage sich auch ihr Zauber auf die Kundin. So werde sie selbst Zeugin ihrer Verwandlung in ein unwiderstehliches Märchenwesen. Verruchtes Rotkäppchen, unzähmbares Aschenputtel. Und Mila stehe daneben und spiele Heinzelmädchen, Hilfsfee, Nebennixe.

Zwei oder drei Mal habe ich Mila von der Arbeit abgeholt. Wenn ich auf sie wartete und dabei dem Tun zuschaute, schien es mir, als flüsterten die Kundinnen auf ihren Stühlen pausenlos Zaubersprüche vor sich hin, um der kosmetischen Behandlung nachzuhelfen. Ich stellte mir vor, wie diese Wirkung zu Hause mit jedem Blick in den Spiegel brüchiger würde und Wochen später ganz verblasste. Worauf die mitgebrachten Tübchen, Töpfchen und Stifte kurzerhand in den Abfalleimer flogen. Doch zwei Tage später würde bereits der nächste Schminktermin vereinbart. Ohne Zauber hat das Leben nun mal keinen Sinn, dachte ich in meiner Ecke und beobachtete weiter das Treiben der Frauen. Zusammen mit der Ernüchterung sorgt er für den perfekten Kreislauf des Geschäfts, zusammen sind sie die Seele unserer Zeit. Ich fühlte mich ziemlich schlau.

»Warum nennt sich dieser Schöberli eigentlich Schöberli?«, fragt Mila. »Hast du nicht gesagt, er heiße Grashofer?«

»Grasdorf«, sage ich, »Fritz Grasdorf. Schö heißt *ich* auf Französisch, Schöberli ist eine schweizerische Verkleinerungsform davon. Wenn der Schöberli sagt: ›Der Schöberli geht jetzt einen Happen essen‹, meint der Schöberli also nichts anderes als: ›Ich gehe jetzt einen Happen essen.‹ Der Schöberli isst übrigens nie etwas anderes als Happen. Jedenfalls sagt er immer Happen.«

»Alles klar«, sagt Mila, dreht sich um und grinst. »Dann nehm ich jetzt auch noch schnell einen Happen.« Sie setzt sich auf mich, küsst meinen Hals. Ich lasse meinen Kopf zurücksinken und greife nach ihren Brüsten. Noch einmal lieben wir uns, als ob es das letzte Mal wäre.

Als wir uns nach Milas erfolglosem Besuch im Bienenstock zum ersten Mal sahen, war alles anders als vorher. Mir fielen keine absurden Witze mehr ein, und Mila brachte ihr sanftes Lächeln nicht mehr zustande. Gerade das half uns aber, da weiterzumachen, wo wir am Tag meines Umzugs stehen geblieben waren. Sie redete, ich sagte vorläufig nichts, und es war in Ordnung so. Mila verriet mir, dass sie damals in der WG jede meiner Bewegungen mitverfolgt hatte. Von ihrer Ecke aus hatte sie beobachtet, wie ich im Gewühl ständig einen passenden Platz für mich gesucht und nicht gefunden hatte. Wie ich immer wieder aus Gruppen hinaussortiert wurde, ohne dass ich etwas dagegen tun konnte. Wie ich dann mittendrin im Schwarm stand und ganz offensichtlich keine Ahnung von allem hatte. Sie hatte sich amüsiert über mich und zugleich pausenlos auf meinen gelockten Haarschopf gucken müssen, denn in diesen hätte sie sich vom ersten Moment an verliebt, aber auch in meine Augen und überhaupt.

Als die Sonne ein ganzes Stück weitergewandert und das Bett längst im Schatten ist, stehen wir endlich auf. Mila geht unter die Dusche, ich setze mich auf den WC-Deckel und betrachte ihre verwischte Silhouette hinter dem weißen Vorhang. Ich sehe, wie ihre Hände die Seife auf dem Körper verteilen, wie sie den Duschkopf aus der Halterung nehmen, wie der Duschkopf versteckte Stellen aufsucht, um die Seife wegzuwaschen. Und wieder einmal ertappe ich mich dabei, wie ich in Milas Bewegungen nach Spuren ihres früheren Lebens suche.

Mila ist die Tochter eines Abenteurers. Drei Kindheitsjahre hat sie auf einer sechzehn Meter langen Jacht verbracht, segelte mit ihren Eltern und dem kleinen Bruder kreuz und quer über die Weltmeere. Die nächsten zwölf Jahre lebte sie an vier Orten auf drei verschiedenen Kontinenten. Als sie ins Schulalter kam, wusste sie, wie man ein Reh ausweidet und auf hoher See einen Sturm überlebt. Mit zwölf konnte sie sich in fünf Fremdsprachen verständigen, beherrschte aber keine davon fließend. Erst mit fünfzehn lernte sie, was Sesshaftigkeit bedeutet. Ihre Eltern, die beide aus Kroatien stammen, folgten dem Ruf eines Schweizer Segelfreundes und ließen sich in dem unbekannten Land nieder. Doch der Vater hielt es nicht lange aus und machte sich bald wieder auf den Weg. Bis heute ist er fast ständig unterwegs und kommt einmal pro Jahr für einen dreimonatigen Besuch zu seiner Frau zurück. Mila ist froh, dass sie diesen nomadischen Drang nicht mitbekommen hat. Ein anderes Erbe ihres Vaters aber wird sie kaum loswerden: Sie kann nicht stillsitzen, und sie fühlt sich wie eine Gefangene, wenn sie sich längere Zeit im selben Raum befindet.

Als Mila dreizehn war, wollte sie Tänzerin, Malerin und Sprachwissenschaftlerin werden. Mach, was du willst, Kind, von mir aus alles zusammen, sagte die Mutter und lachte. Sie war überzeugt, dass sich das wieder geben würde. Doch als Mila achtzehn war, wollte sie noch immer Tänzerin, Malerin und Sprachwissenschaftlerin werden. Sie tingelte von Aufnahmeprüfung zu Aufnahmeprüfung, tanzte sich die Füße wund und begann, Vergleichende Sprachwissenschaft zu studieren. Tagsüber büffelte sie in der Bibliothek, abends ging sie ins Tanzstudio, nachts malte sie im Keller. Monatelang ging das so, die Mutter bekam ihre Tochter kaum noch zu Gesicht.

Mila war nicht mehr zu bremsen, und es kam der Tag, als alles schiefging. In einem besonders anstrengenden Training schüttelte sie eine der anderen Tänzerinnen im Studio halb zu Tode. Als sie mir davon erzählte, konnte sie sich nicht mehr erinnern, was davor geschehen war. Vielleicht hatte die andere eine gemeine Bemerkung gemacht, vielleicht hatte sie Mila ein paar Minuten ihrer wertvollen Tanzzeit gestohlen. Jedenfalls muss Mila sie so arg in die Mangel genommen haben, dass die arme Frau ins Krankenhaus gebracht werden musste. Am Ende war es aber zum Glück weniger schlimm als befürchtet und nach vier Wochen Halskrause konnte die Frau wieder zurück aufs Parkett. Für Mila aber war es von da an mit dem Tanzen vorbei. Sie verbot sich ab sofort jegliche Ambitionen und bewarb sich im Schminkstudio.

Ein Schnitt, ein neues Leben, radikal und ohne das geringste Zögern. So ist sie. Dem damaligen Entschluss ist sie bis heute treu geblieben. Zweimal die Woche tanzt sie noch Capoeira, einen Tanz, den sie als Kind in Brasilien kennengelernt hatte. Zweimal pro Tag, Punkt zwölf und Punkt sechs Uhr, macht sie eine Skizze. Egal, wo sie ist, egal, was sie gerade tut, sie holt ihr Skizzenbuch hervor und zeichnet für eine halbe Stunde. Und dann gibt es noch die Sache mit den Sprachen. Als Kind hatte sie sechs Jahre in Indien verbracht, vier Jahre in Brasilien. Heute übersetzt sie alte Mythen aus ihren Lieblingssprachen Telugu und Portugiesisch ins Kroatische. Wenn sie in ein paar Jahren damit fertig ist, wird sie alles in die Ursprungssprachen zurückübersetzen, sagt sie. Und danach gleich wieder von vorne anfangen. Und kein

Mensch auf der Welt wird das jemals lesen, fügt sie hinzu und grinst zufrieden.

Ich könnte das nie. Derart entschlossen einen Plan verfolgen, um ihn dann genauso entschlossen zu verwerfen. Und doch gibt es da etwas, was wir gemeinsam haben. Eine Freundin von Mila sagte einmal, Mila lebe mit angezogener Handbremse. Es sei an der Zeit, die Bremse zu lösen, endlich wieder aus dem Vollen zu schöpfen. Mila lächelte ihre Freundin nur an und schüttelte stumm den Kopf, und ich saß daneben und wusste haargenau, was Mila meinte. Schon zu der Zeit, als ich WG-Bewohner war und sie eine Schwarmbesucherin, müssen wir von dieser Gemeinsamkeit gewusst haben. Es war der Grund, weshalb sich unsere Blicke im Gewühl ständig suchten.

Mit einem lauten Rascheln zieht Mila den weißen Vorhang auf, ich erhebe mich vom WC-Deckel und nehme ihren Platz unter der Duschbrause ein. Als wir uns näher kennenlernten, begriff ich schnell, dass Mila für kaum etwas so viel Verachtung übrig hat wie für gemeinsames Duschen. Mittlerweile bin auch ich überzeugt, dass diese Erfindung von Dr. Sommer aus der *Bravo* als erotisches Ritual völlig unbrauchbar ist.

Nach dem Duschen essen wir noch etwas Kleines, dann trotzen wir der Anziehungskraft des Betts und eilen hinaus ins schimmernde Grün, das bereits mit aller Kraft wuchert.

Die Besitzerin des Hauses ist eine gichtige alte Frau, die sich um den Garten nicht mehr kümmern kann. Mila hat ihr versprochen, die Beete instand zu halten und alle zwei Wochen den Rasen zu mähen. Auf die Idee, dass man auch die Obstbäume pflegen sollte, ist sie nie gekommen. Selbst die Besitzerin hat wohl nie dran gedacht, denn die zwei Apfel- und die zwei Zwetschgenbäume vor dem Haus sind seit Jahren nicht mehr beschnitten worden.

Heute kommt einer vorbei, um uns zu helfen. Er heißt Jonas und hat nicht nur eine Vorliebe für einzelgängerische Fledermäuse, sondern auch für Bäume. Mein neuer alter Freund hat mir kürzlich verraten, dass sein Großvater, ein Südtiroler Obstbauer, bei dem er jeweils seine Sommerferien verbrachte, ihn damals in die Kunst des Baumschneidens eingeführt hatte. Und jetzt hat Jonas also angekündigt, vorbeizukommen und sich um die alten Bäume zu kümmern. Mila hat gleich noch ihre Freundin Sarah eingeladen. So seien wir zu viert, meinte sie, das sei lustiger.

Kaum stehen wir mit unseren Leitern unter den Bäumen, biegen Sarah und Jonas gemeinsam um die Ecke und winken uns über das Mäuerchen hinweg zu. Jonas hält das Modellflugzeug in der Hand, das ich ihm geschenkt habe.

»Ich wollte grad in den Fluss springen, da hab ich ihr Lachen herankommen sehen und mich augenblicklich anders entschieden«, sagt Jonas und strahlt Sarah an. »Zufälligerweise schlugen wir dann die gleiche Richtung ein und wen treffen wir nun? Ich glaub, die Götter meinen's heute gut mit mir.«

Sarah schmunzelt. Ich mustere sie stumm und denke: Jonas hat richtig daran getan, das Hineinspringen in den Fluss für dieses Mal sein zu lassen. Alles andere ist dussliges Geschwafel, aber ich verzeihe es ihm.

Jonas zeigt auf das Modellflugzeug und sagt: »Als Dank an die Götter werden wir nachher noch das hier vom Hügel schweben lassen. Die Thermik ist ideal heute.«

Wir klettern auf die Bäume. Dann stehen Mila, Sarah

und ich im dichten Gewirr von Zweigen, zücken unsere Gartenscheren und blicken voller Erwartung zu Jonas hinüber. Wir haben keine Ahnung, was jetzt zu tun ist.

»Senkrechte Wasserschosse immer ganz kappen. Queräste, die nicht vom Stamm wegwachsen, ebenfalls«, sagt Jonas. »Das Wichtigste ist der Haupttrieb, der soll auf jeden Fall stehen bleiben.« Wir haben nicht die leiseste Ahnung, wovon er redet. Was ist ein Wasserschoss? Wo genau ist der Haupttrieb? Also zeigen wir mit der Schere auf jeden einzelnen Zweig und Jonas gibt nickend Schneiderlaubnis oder schüttelt den Kopf.

»Wahnsinn! Woher weißt du das alles?«, ruft Sarah begeistert und bläst sich kokett eine Haarsträhne aus dem Gesicht. Mila äugt scheel zu ihr hinüber.

»Jahrelange Übung macht selbst aus dem Idioten einen Meister«, sagt Jonas.

»Na, dann erzähl mal!«, ruft Sarah.

Er mache das bereits seit drei Jahren. Als freischaffender Baumpfleger sozusagen. Man könne sich gar nicht vorstellen, wie viele Leute völlig blind dafür seien, was in ihrem Garten alles wachse. Er habe es sich zur Aufgabe gemacht, diese vergessenen Gärten aufzuspüren und den Leuten eine regelmäßige Baumpflege anzubieten. Diese reagierten in der Regel begeistert. Auf diese Weise hätten sich im Lauf der Zeit mehr als fünfzig Aufträge zusammengeläppert. Da viele Kunden bei aller Begeisterung nichts mit der Ernte anzufangen wüssten, habe er neben einem Geldlohn auch noch ein Obsteinkommen. Äpfel, Birnen, Zwetschgen, Kirschen, Mirabellen, Quitten und natürlich etliche Beerensorten. Mittlerweile habe er sogar ein kleines Netz an Abnehmern.

Ich lasse die Hand mit der Schere sinken und blicke zu

Jonas, bei dem sich nun zeigt, dass er alles andere als ein Angeber ist. Er ist ein diskreter Ideenhaber, ein zufriedener Schaffer. Wobei das heute nicht ganz stimmt. Der Kerl plustert sich ganz schön auf. Was einen auch nicht wundern muss. Sarah bietet ihm beste Gelegenheit dazu.

Die Sonne steigt höher, wir schneiden weiter. Flechtenbewachsene Zweige fallen auf die Wiese, Sprüche fliegen hin und her. Es ist wie auf dem Recyclinghof und doch anders. Auch wir sind die fantastischen Vier, auch wir meinen es gut, aber unser Fleiß gilt nur den Bäumen. Der Mensch hat es nicht verdient, dass man es gut mit ihm meint. Die Obstbäume hingegen danken uns die Arbeit mit Verjüngung, mit neuem Wachstum. »Das Wachstum der Pflanzen ist eine Musik, die nur der Geduldige hört«, sagte meine Mutter immer, wenn sie mit mir die Beete jätete. Worauf ich Würmchen große Augen machte und herumgrübelte, wie man es hinbekam, in den erlauchten Kreis der Geduldigen einzutreten. Wandte Mutter sich dann ab, um Wasser zu holen oder mit der Nachbarin zu plaudern, hielt ich schnell mein Ohr an die kleinen Brokkoli-Bäume und horchte, doch ich hörte nichts, und ich drehte mich um und stierte Mutters Rücken mit enttäuschten, kleinen Augen an.

Jonas holt tief Luft und sagt vergnügt: »Man fühlt sich wie der Baron auf den Bäumen.« Als niemand darauf reagiert, fährt er fort: »Italo Calvino, ihr Banausen! Die Geschichte von Cosimo Piovasco di Rondò, der sich ab seinem zwölften Lebensjahr auf die Bäume verkrümelt. Ein Dickschädel, ein verrückter Wolkenschaufler und doch ein großer Menschenfreund. Der einzige wirklich freie Mensch der Literaturgeschichte.«

»Hatte der Typ auch Frauen auf seinen Bäumen oben?«, fragt Sarah.

»Klar doch. Und zwar mehr als jene, die auf dem Boden blieben.«

Sarah wirft einen kühnen Blick in Jonas' Richtung.

»Und das, obwohl er sich offenbar nur bei Regen waschen konnte«, werfe ich ein. »Wie er das wohl angestellt hat?«

»Ganz einfach«, erwidert Jonas. »Er hat seinen Gestank stolz mit sich herumgetragen. Haltung ist alles. Sagt übrigens auch Che.«

Sarah lacht, und Jonas erklärt ihr, was es mit der Fledermaus unter dem Dach der alten Fabrik auf sich hat, worauf Sarah noch lauter lacht. Er kommt bei ihr an, und er genießt es.

Mila räuspert sich laut und zeigt mit ihrer Schere auf einen Ast. Jonas sagt: »Der muss weg.«

»Und warum?«

»Weil sein Konkurrent gleich nebendran ist. Beide gehen in die gleiche Richtung, beide sind gleich alt.«

»Muss man Konkurrenten immer sofort ausschalten?«, fragt Mila. Sie blickt die beiden Äste mit finsterer Miene an, dann holt sie tief Luft und kappt den ersten Ast. Er fällt hinunter, sie blickt ihm nach.

Zwei Elstern schnarren von der Dachzinne herab, eine Katze schläft auf einer Autokühlerhaube, zwei Barone und ihre Gespielinnen sitzen auf Obstbäumen und schäkern herum. Das Leben meint es heute gut mit allen.

Die alte Hausbesitzerin tritt aus der Kellertür und schaut sich die Versammlung an. Sie sagt: »Herrje, diese jungen Leute.« Dann wendet sie sich ab und schleicht zurück in ihren Keller.

Ich denke: Niemand in meiner Umgebung fühlt sich von mir unter Druck gesetzt, niemand kapituliert. Wenn das nicht schön ist, was dann? Vor lauter Übermut rufe ich: »Sitzen zwei Wolkenkratzer im Keller und sägen Bier. Kommt ein Erdbeben die Treppe heruntergepoltert. Fragt der eine Wolkenkratzer den anderen: ›Hast du Angst?‹ Antwortet dieser: ›Nein, ich hab noch ein Joghurt im Sack!‹«

Mila beginnt schallend zu lachen, kann sich nicht mehr halten, lässt die Schere fallen, hält sich den Bauch, lacht immer weiter. Bis sie selber vom Baum fällt. Ein Salto nach Lehrbuch und ein dumpfer Aufprall im Gras. Sie bleibt reglos liegen.

Wir klettern hinunter. »Mila?« Sie stöhnt. »Kannst du dich bewegen?« Sie stützt sich langsam auf die Ellenbogen. Wir atmen auf. »Mila? Alles gut?« Sie schüttelt den Kopf. Wir verziehen die Gesichter. »Wo tut's weh?« Sie zeigt auf ihr rechtes Bein, stöhnt, legt sich wieder hin.

Der Sohn der Hausbesitzerin, der in diesem Moment aufkreuzt, fährt Mila und mich ins Krankenhaus. Mila liegt quer über dem Rücksitz, im Nacken eine zusammengerollte Jacke als Polster. Ich bin der Beifahrer mit ständigem Blick nach hinten. »Tut's sehr weh?« Mila zuckt die Schultern. Ich greife nach ihrer Hand, sie ist zu weit weg und Mila kommt mir nicht entgegen. »Wenn's ein sauberer Bruch ist, bist du in ein paar Wochen wieder auf den Beinen«, sage ich, »als ob nie etwas gewesen wäre. Vielleicht ist's ja nur ein Riss. Dann geht's noch schneller.« Mila wendet mit einem Ruck den Kopf ab. »Das ist Scheiße, das ist einfach nur Scheiße«, zischt sie, »ich hasse das, ich will keinen Gips.«

Später das Warten auf dem grell erleuchteten Flur. Neben mir eine Topfpflanze, die aussieht, als wäre sie aus Plastik. Ich befühle eines der Blätter. Sie ist echt. Schräg gegenüber sitzt ein Junge mit rotzverschmierter Nase. Er rutscht auf dem Stuhl hin- und her, quengelt pausenlos, seine Mutter versteckt sich hinter einer Illustrierten. Lange, grüne Fingernägel, der Rock mini, die Füße in gelben Schuhen. Ich lege das GEO-Magazin hin, in dem ich geblättert habe, und denke an Jonas und Sarah. Bestimmt haben sie die Floskeln und das weitere Geplänkel längst hinter sich gebracht. Bestimmt sind sie längst in Milas Wohnung hinaufgepoltert, haben vor dem zerwühlten Bett gestanden, einander angeschaut und dabei verwegen gekichert. Bestimmt ist dann alles sehr schnell gegangen.

Zwei Stunden später fahren Mila und ich mit dem Taxi nach Hause. Mila starrt verbissen auf ihren Gips, sagt kein einziges Wort. Noch immer scheint die Sonne. Sie kann uns gestohlen bleiben.

Auf dem Küchentisch liegt ein Zettel von Jonas: »Ruft mich an, wenn ihr zurück seid. Wir bringen was zu essen.«

»Will nichts essen«, grummelt Mila und humpelt an ihren Krücken ins Schlafzimmer. Kurz schaut sie auf das Bett, das nicht sie so zerwühlt hat. Dann schlägt sie die Tür hinter sich zu.

Ich rufe Jonas an. Alles in Ordnung, sage ich, ein hundsnormaler Bruch, sechs Wochen Gips, dann Physiotherapie, das Übliche, aber Mila wolle jetzt nicht essen. Bitte nicht kommen, zu dicke Luft hier. Sie hätten's bestimmt lustiger zu zweit. Tatsächlich höre ich im Hintergrund Sarahs Kichern, bevor ich auflege. Dann gehe ich in die Küche, setze mich an den Tisch und schiele zu der geschlossenen Schlafzimmertür hinüber.

Mila hat es nicht ausgesprochen, aber ich weiß sehr wohl, was das Problem ist. Sie erträgt es nicht, abhängig zu sein. Langsam zu sein. Für Dinge, die sie ihr Leben lang in Sekundenschnelle erledigen konnte, plötzlich lange Minuten aufwenden zu müssen. Für die nächsten Wochen ist sie eine Gefangene des Gipses. Es muss die Hölle für sie sein.

Natürlich macht sie mir keinen Vorwurf. Dass man auf Bäumen bitte schön keine Witze erzähle. Dass man sie gefälligst nicht zum Lachen bringe, wenn sie auf zweifelhaften Ästen steht. Aber das ist auch gar nicht nötig. Den Vorwurf mache ich mir ganz von allein. Ausgerechnet einer unserer Lieblingswitze, die damals alles zum Laufen gebracht hatten. Ausgerechnet an diesem Tag, an dem alles stimmte, an dem das Leben sich richtig anfühlte, und an dem sogar ich glaubte, ich selber hätte etwas dazu beigesteuert, dass sich alles richtig anfühlt.

Ich stehe auf und räume den Küchentisch ab. Ich spüle das Frühstücksgeschirr. Putze mit einem feuchten Lappen den Tisch. Putze auch die Spüle. Finde ein Scheuermittel und einen rauen Schwamm und fege gründlich nach. Putze den Boden. Wische feucht nach. Und weil ich weiß, dass sich hier im Moment niemand von mir unter Druck gesetzt fühlt, putze ich auch den Flur, das WC, die Dusche, dann sämtliche Fenster und so weiter.

Stunden vergehen, Mila kommt nicht aus ihrem Zimmer. Schließlich klopfe ich vorsichtig an die Tür. »Waaas?!«, lautet die Antwort. Klingt nicht gerade einladend. Ich sage: »Darf ich reinkommen?« Stille. Auch die ist alles andere freundlich. Dann ein verhaltenes »Okay«. Ich öffne die Tür. Mila sitzt am Boden neben dem Bett und schabt mit einer Haarnadel Striemen in den Gips. Ich setze mich aufs Bett.

»Vielleicht willst du doch mal was essen, Kleine? Bisschen Brot? Einen Salat? Ich könnte eine Pizza kommen lassen. Vesuvio, die mit Oliven und ganz viel Chili. Das ist doch deine Lieblings.«

Mila schüttelt den Kopf.

»Ist es immer noch wegen dem Gips?«

Noch während ich die Frage ausspreche, begreife ich, dass es gerade keine dümmere Frage zu stellen gibt als diese. Mila verdreht die Augen und sagt nichts. Recht hat sie. Essen könnten wir trotzdem. Ich sterbe fast vor Hunger.

Mila versucht, sich zu erheben. Ich strecke die Hand aus, um ihr zu helfen. Sie schüttelt energisch den Kopf und zieht sich am Fenstersims hoch, packt die Krücken, die auf dem Bett liegen.

»Gehen wir spazieren«, sagt sie. Als ich mich räuspere, fügt sie an: »Und versuch gar nicht, mich davon abzuhalten. Wird dir eh nicht gelingen.« Ich nicke. Mein Magen rumpelt.

Mila tut alles, um meinen Schritt nicht zu verlangsamen. Sie ist gut, sie hat die Kraft und vor allem den Willen. Dass man nicht nur am ersten Tag, sondern auch in der ersten Woche eines Beinbruchs ruhen sollte, wie der Arzt gemahnt hatte, sage ich nicht. Ich kann sie ohnehin nicht abhalten.

Hier oben lässt es sich nicht kreuz und quer umherschweifen wie unten in der Grünau. Fast immer geht es steil hinauf oder steil hinunter. Wir nehmen den Kiesweg zwischen Friedhof und Weinberg. Mila verkneift sich jedes Ächzen. Die Krücken staken ungeduldig. Fünf

Minuten später sind wir schon am äußeren Ende des Weinbergs angelangt und bleiben an einem winzigen Schuppen stehen. Vier alte Weinfässer lagern hier, wohl schon lange nicht mehr benutzt.

»Wäre João hier vorbeigekommen, stünden die jetzt nicht mehr da«, sage ich.

»Warum?«

»Weil João über den Wert von Gegenständen, die andere liegen lassen, bestens Bescheid weiß. Er hat mir mal von einem erzählt, der solche Fässer in zwei Hälften sägt und diese als Blumentöpfe an Gymnasiallehrer, Webdesigner und solche Leute verkauft. Upcycling nenne der Typ das und habe schon bald seine erste Million beisammen. Man kann auch ein Loch in den Deckel sägen und das ganze Fass als Hundehütte verkaufen.«

»Warum macht João solche Sachen nicht selber?«, fragt Mila und schüttelt sich die Haare aus dem Gesicht. »Dann müsste er nicht mehr auf dem Recyclinghof arbeiten.«

»Er kennt keine Gymnasiallehrer und Webdesigner. Er müsste eine Homepage haben und professionell gestaltete Flyer verteilen. Das kann er nicht. Oder er will es nicht. João ist ein Trödelhändler alter Schule. Der hat ein Gespür, das glaubst du nicht. Weiß immer haargenau, was bei wem gefragt ist. Den Erlös seiner Geschäfte spart er für ein Haus. Da ist er wie mein Vater.«

Mila stupst mit der Krücke eines der Fässer an. Das Holz sendet einen dumpfen Klang zurück. Sie sagt: »Und warum machst du es nicht, das mit den Blumentöpfen?«

»Hm«, sage ich.

»João liefert dir das passende Material, du upcycelst es. Und die Flyer legen wir bei uns im Schminksalon aus. Unsere Kundinnen stehen total auf so Vintage-Zeugs.

Die sind verrückt danach. Denen kannst du jeden Scheiß verkaufen. Hauptsache, es sieht alt aus.«

Ich denke an Uwe. Ich denke daran, was ich ihm antäte, wenn ich so eine Unternehmung auf die Beine stellte. Früher oder später wird es passieren. Aber noch ist es nicht so weit. Noch ist Uwe Löhlein mein Mentor.

Wir kehren um. Mila schnauft. Als ich auf eine Sitzbank zeige, schüttelt sie den Kopf. Die Krücken staken schneller, Milas Gesicht läuft rot an.

10

Als ich neunzehn wurde, hatte ich bereits mehrere Zwischenjahre hinter mir und war gerade im Begriff, mein nächstes Zwischenjahr anzutreten. Doch dann kam mein Vater auf die Idee, mir ein Auto zu versprechen, falls ich eine Lehre abschließen würde. Ich brauchte kein Auto, aber da ich Vater vor weiteren Erniedrigungen dieser Art bewahren wollte, machte ich mich wieder einmal auf die Suche nach einer Lehrstelle.

Der Berufsberater, der sich schon einige Male an mir versucht hatte, nannte diesmal das Stichwort Mechatroniker. Ich brachte es wie ein unpassendes Geschenk nach Hause und sagte es beim Abendessen artig auf. Mechatroniker. Mutter war begeistert. Mechatroniker, ja, das habe den richtigen Klang, das klinge nach Tüftler, aber seriös, kein Daniel-Düsentrieb-Kram. Das würde zu mir passen, da sei sie sich ganz sicher. Vater nickte wohlwollend, sagte aber nichts. Ich wusste, er würde sich erst gründlich informieren. Zwei Tage später tat er kund, keinen Einwand gegen meine Wahl gefunden zu haben.

Am ersten Tag stellte mich der Lehrmeister vor ein mit bunten Lagerbehältern vollgestelltes Regal und gab mir die Aufgabe, bis um vier Uhr ein funktionierendes Alltagsgerät zusammenzubauen. Ich könne mich nach Belieben bedienen, es gebe von allen Bauteilen mehr als genug. Auf meine Rückfrage, was das für ein Alltagsgerät sein solle, erwiderte er, das sei völlig egal, es brauche auch nicht schön zu sein, bloß müsse es funktionieren.

Ich griff zu den Lagerbehältern und legte alles, was mir brauchbar vorkam, auf meine Werkbank. Ich hatte keine Idee, und doch begann ich herumzuprobieren. Einige Teile kannte ich, schließlich hatte ich immer schon gerne Apparate auseinandergenommen. Hinter meinem Rücken hörte ich das Witzeln und Feixen der anderen Lehrlinge. Ich wagte nicht, mich umzudrehen.

Stunden später hatte ich eine Art Aufziehuhr und eine mechanische Klingel beisammen und versuchte, diese zu einer Eieruhr zusammenzufügen. Die anderen Lehrlinge begannen hinter meinem Rücken ironische Pfiffe auszustoßen. Sie waren sich sicher, dass ich scheitern würde, genauso wie sie selber. Jeder scheiterte an dieser Aufgabe, denn das war die Strategie des Chefs. Seine Lehrlinge sollten ihre erste Aufgabe gründlich vermasseln, damit er sie aus dem Sumpfloch herausziehen konnte und sie von Anfang an ein Bild von den Schwierigkeiten, aber auch von der Faszination des Berufes hatten.

Punkt vier Uhr stand er neben mir. »Wo muss ich draufdrücken?«, fragte er und achtete nicht auf das Schnauben der anderen Lehrlinge hinter seinem Rücken. »Nicht draufdrücken«, antwortete ich, »man muss es aufziehen.«

»Schau an, schau an, da gibt's noch einen, der dem guten alten Aufziehmechanismus vertraut«, sagte er über die Schulter, »so einen hatte ich seit einer halben Ewigkeit nicht mehr.« Die Lehrlinge blieben still, sie waren sich nicht sicher, ob er sich über mich lustig machte oder ob er begann, mit mir ein Bündnis gegen sie zu schließen.

Er zog das Ding auf. Es tickte. Wir warteten. Nach einer Minute hörte das Ticken auf. Die Klingel gab keinen Ton von sich.

»Aha«, sagte der Lehrmeister. »Und was genau ist die Funktion dieses Geräts?«

»Eieruhr«, murmelte ich.

Der Lehrmeister sog tief Luft ein und runzelte die Stirn, von hinten brach ein Grölen über mich herein und wollte nicht mehr aufhören.

Es machte mir nichts aus, dass sie mich auch an den folgenden Tagen wie Luft behandelten. Um ehrlich zu sein, es war mir gerade recht. Die Geschichten von ihren nächtlichen Abenteuern interessierten mich nicht, und ich war froh, ihnen das nicht beibringen zu müssen. Ich wurstelte alleine weiter vor mich hin. Der Lehrmeister ließ mich Gerätekomponenten sortieren, und manchmal durfte ich nach Belieben tüfteln. Im Grunde genommen hätte es ewig so weitergehen können.

Als ich am Ende des dritten Tages der zweiten Woche aus der Tür der Firma trat, erblickte ich auf der Verladerampe im Hof einen der anderen Lehrlinge. Er drückte seine Zigarette aus und winkte mich zu sich. Es war Thorbjørn, der Lehrling im zweiten Jahr. Ein stämmiger Blonder, den ich bis dahin nur als schuftiges Grinsen im Hintergrund wahrgenommen hatte.

»Der Neue, haha!«

Ich antwortete nicht.

»Nichts ist scheißer, als der Neue zu sein.«

»Ist mir egal.«

»Mir war's auch egal. Aber jetzt bin ich's nicht mehr, und das ist mir auch egal. Ist eh alles egal hier, scheißenochmal.«

Ich sagte nichts.

Sein in die Stirn fallendes Haar wegpustend fuhr er fort, ich hätte bestimmt längst eine Freundin und alles, und bestimmt würde ich sie ihm nie zeigen, weil ich das nicht nötig hätte, und bestimmt hätte ich auch keine Lust, seinen Puch mit verlängerter Vordergabel auszuprobieren, weil ich das für Kinderkram hielte, und überhaupt sei alles scheißegal, am meisten die anderen Kollegen hier, und ich solle alles gleich wieder vergessen, und zündete sich eine neue Zigarette an.

Ich spuckte meinen Kaugummi aus und sagte: »Zeig mal her dein Töff!«

Er stellte sein Grinsen auf scharf ein, drehte sich um und verschwand hinter der Hausecke. Zehn Sekunden später erklang ein Röhren, das sich anhörte wie ein brünstiger Hirsch, der in einem Stahlcontainer gefangen gehalten wird.

Thorbjørn hatte wie ich ein paar Zwischenjahre hinter sich, war von einer umwerfenden Ungeschicktheit und nicht gerade der Hellste. Sein Vater kam von den Färöern und seine Mutter aus Dänemark, er trank wie ein Nilpferd, rauchte wie ein Schlot und hatte keinen einzigen Freund. Er wohnte in einer Mansarde unter dem Dach eines großen, seit Jahrzehnten nicht mehr renovierten Hauses. Es gehörte einer Stiftung, die es sich zur Aufgabe gemacht hatte, Jugendlichen günstigen Wohnraum zur Verfügung zu stellen. Unten im Haus wohnten Studenten, Schüler und Lehrlinge in WGs, Thorbjørn war allein in seiner Mansarde, mit separatem WC und Kochnische.

Es gibt keinen Grund, und genau das ist der Grund. So legte ich es mir später zurecht, wenn ich darüber nachdachte, warum ich sein Freund geworden war. In der Tat hatten wir kaum Gemeinsamkeiten. Thorbjørn gefiel sich in seiner Verachtung für die anderen, mir fiel beim besten Willen nichts ein, was ich gegen irgendjemanden auf dieser Welt haben könnte; Thorbjørn trank Unmengen Bier, ich konnte stundenlang an einer einzigen Flasche nuckeln; Thorbjørn wusste alles über jeden Spieler seines Herzensvereins Odense Boldklub, ich hatte mit Fußball noch nie viel anfangen können.

Der wahre Grund war, dass ich keinen Freund brauchte, meine Zeit aber nicht allein verbringen wollte. Ich brauchte einen Gefährten, dessen Gegenwart nicht unangenehm war und der sich nicht daran störte, dass ich ihm nie eine Frage stellte. Einen, über dessen Anruf ich mich immer freute und den ich dennoch nicht vermisste, wenn er fernblieb. Ich hatte Thorbjørn nicht gesucht, wusste aber sofort, dass mir so einer wie er gefehlt hatte.

Wir saßen in seiner Mansarde – ich auf dem abgewetzten Sofa, er auf dem ungemachten Bett –, spielten Xbox und tranken Bier. Wir gingen auf Konzerte und tranken Bier. Wir besuchten die WG-Partys im Haus, ohne dass man uns eingeladen hätte. Und tranken Bier. In unseren Mittagspausen verdrückte Thorbjørn seine Schnitzel-Sandwiches, Hotdogs und Döner, ich meine Currysalate, Lahmacuns und m&m's. Wir äfften unsere Lehrlingskollegen nach und scherten uns sonst keinen Deut um sie. Wir fuhren zur Stadt hinaus und erschreckten mit Thorbjørns frisiertem Puch die Kühe.

Es war fast wie ein Zwischenjahr. In der Bude durfte ich manchmal meine eigenen Projekte verfolgen, der Chef förderte das ausdrücklich, und wenn ich einen Auftrag zu erfüllen hatte, beschäftigte ich mich während der Arbeit mit ganz anderen Dingen, ging im Kopf meine

Steinesammlung durch oder zeichnete Karikaturen der Kollegen auf die Rückseite von Bestellscheinen.

Nach einem halben Jahr flog Thorbjørn aus der Firma. Der Chef hatte ihn beim Klauen erwischt. Wenige Wochen später verschwand er auch aus seiner Mansarde. Ich sah ihn nie wieder. Es hieß, seine Eltern hätten ihn als Hirten bei einem Schafzüchter auf den Färöern untergebracht, aber das Gerücht wurde nie bestätigt. Ich rief bei der Stiftung an und übernahm seine Mansarde. Ich spielte ganze Wochenenden lang allein Xbox und ernährte mich von m&m's. Nachdem ich auf der Treppe des Jugendwohnhauses gestürzt und mit gebrochenem Knöchel eine ganze Nacht lang dort liegen geblieben war, arrangierte einer der WG-Bewohner meinen Umzug vom obersten Stock in den zweiten. Er hieß Georg. Auch er hatte keine Freundin, schien aber alles über die Frauen zu wissen und ließ in seinen Vorträgen zwischen Kühlschrank und Sofa nichts aus.

In der Firma brachte ich seit Thorbjørns Abgang alles in Unordnung, und auf die Frage des Chefs, was zum Teufel das solle, wusste ich keine Antwort. Es war, als ob die Anwesenheit des kleinen Schwerenöters mich stabil gehalten hätte, und nun, da er weg war, wurde ich zu seinem Nachfolger. Ich wusste die Namen von wichtigen Apparaturkomponenten nicht mehr und brachte eine Software nach der anderen zum Abstürzen. Irgendwann hörte ich auf, zur Arbeit zu gehen. Eine Woche später telefonierte der Chef mit meinem Vater. Dann kam der Tag, als Vater mich zu einem langen Spaziergang einlud.

Er konnte noch so viele Versprechen abgeben. Skipass, USA-Reise, Surfbrett, es nützte nichts. Ich brach die Lehre ab. Ich wusste, Vater würde mir das lange nicht verzeihen. So blieb mir noch die Rolle des guten Geistes in der WG. Ich kaufte ein, ich kochte, ich reparierte, ich putzte die ganze Wohnung und hörte nicht mehr auf damit.

Das war 2006. Nordkorea testete zum ersten Mal eine Atombombe, in Den Haag endete der jugoslawische Expräsident in seiner Gefängniszelle, in einem Vorort von Bagdad der irakische Exdiktator am Galgen. Auch in diesem Jahr spielte sich die Geschichte der menschlichen Niedertracht weit weg von mir ab. Die Niedertracht der Welt, in der ich lebte, bestand darin, dass jede Generation noch ein bisschen mehr aus sich herauszuholen hatte als die vorherige, und dieser Wettbewerb war selten ein blutiger. Und doch hatte ich die unbestimmte Ahnung, dass jene Welt da draußen nicht so fern und dass dem Menschen als Mensch grundsätzlich nicht zu entkommen war.

11

Ende März. Es ist noch wärmer geworden, wir arbeiten schon im T-Shirt. Ansonsten hat sich nichts geändert. Menschen kaufen Dinge und schmeißen sie bei uns weg. João, Arturo und ich wandeln als blau-gelbe Helfer zwischen den Wegwerfern umher und halten den Kreislauf in Schwung. Und Chef Uwe sorgt dafür, dass wir nicht auseinanderfallen. Ja, der Gute hält uns alle schön beieinander. João, den Mann der Gegenwart. Mich, den Mann der Zukunft. Arturo, den Mann am Besen. Wobei, so richtig scheint das mit dem Beieinanderhalten heute nicht zu klappen.

»Mensch, wo ist denn unser Schau hin?«, fragt Uwe und eilt mit erhobenen Armen heran. »Ich brauche den Mann dringend.«

Als Uwe vor mir steht, sehe ich hinter seinem Rücken einen Kastenwagen an die Pausenbaracke heranfahren. Auf der Seite des Wagens ein Schriftzug: *Autozubehör Gonçalves*. Den hatten wir hier auch schon mal, denke ich und ahne, was jetzt kommt. Tatsächlich, João höchstpersönlich springt aus der Beifahrertür und blickt flehend zu mir herüber, den Zeigefinger auf den Mund gelegt.

»Du siehst doch alles, Philipp«, sagt Uwe. »Du bist der mit dem Röntgenblick. Sag mir, wo der Mann ist. Bitte, sag's mir!«

»Äh … äh …«, stottere ich und schiele an Uwe vorbei, »João? Der ist, äh …« João flitzt hinter einen der Reservecontainer und taucht mit einer Schachtel voller Überbrückungskabel wieder auf. Herr Gonçalves von Autozubehör Gonçalves steigt ebenfalls aus dem Wagen, öffnet die hintere Tür, nimmt die Schachtel an sich und schmeißt sie hinein, während João bereits wieder hinter den Container rennt.

»Also, João wollte … äh … ach ja, er wollte doch, wollte er nicht, lass mich nachdenken, ich glaube, er wollte …«, fahre ich fort und warte auf die erlösende Eingebung. João taucht wieder auf, diesmal mit einer riesigen afrikanischen Statue aus dunklem Holz. Mach schnell, denke ich. Hopp, hopp, du ausgekochter Gauner.

Noch zwei oder drei Gegenstände wandern in den Laderaum, dann geht die Tür des Wagens zu und Gonçalves fährt los. João kommt heranspaziert, bleibt hinter Uwe stehen und sagt: »Gibt's ein Problem, Chef?«

Uwe schnellt herum: »Schau!«

Er beginnt zu wettern, João beschwichtigt, heftig gestikulierend ziehen die beiden ab. Arturo und ich tauschen bedeutungsvolle Blicke aus. João wird Uwe eine Geschichte erzählen, etwas Wichtiges, Unausweichliches habe seine Aufmerksamkeit gefordert, aber es werde nie mehr vorkommen, Ehrenwort. Uwe wird ihn erst ungläubig anschauen, dann wird er den Kopf schütteln und João eine Moralpredigt halten. Eine Minute später wird er die Episode bereits vergessen haben.

Doch der Friede täuscht. Von allen Seiten scheint etwas an uns zu reißen und uns zu absurden Verrenkungen zu zwingen. João driftet immer unkontrollierter durch die Welt seiner obskuren Geschäfte, ich selber hadere mehr denn je mit meinem Schicksal als doppelter Hoffnungsträger, Chef Uwe lässt heimlich die Puppen tanzen und Arturo gehört gar nicht mehr zu den Lebenden, wie er mir kürzlich gestand. Als ich fragte, wie er das genau meine, sagte er: »Gefühl, wie ich bin schon lange tot, und Leben hier nur Erinnerung an richtig Leben von früher.«

»Das muss ja furchtbar traurig sein«, antwortete ich.

»Ja, aber nicht nur traurig. Wie Großvater von mir, als war todeskrank in Bett, und wenn er schaute an Fotos von Kinder und Kinderkinder, er weinte von Glück. Weil Erinnerung an Leben ist schön. Manchmal schöner als Leben selber.«

»Und seit wann hast du dieses Gefühl?«

»Weiß nicht. Aber Leben immer mehr weit weg. Wie Sonde, wo fliegt zu Sterne und immer weiter weg von uns, wie heißt noch mal? Voyager?«

Vielleicht ist das der Grund, weshalb Arturo sich an seinen Besen lehnen kann, als sei er nichts als eine Hülle. Wenn er sich zwischendurch kurz bewegt, als mache er Pause vom Dastehen, tut er das nur deshalb, um uns glauben zu machen, er lebe noch immer. Solange wir ihm dies abnehmen, lassen wir ihn in Ruhe, denkt er wohl, und er hat recht. Selbst Uwe, dieser unbedingte Freund der Beflissenheit, lässt Arturo meist unbehelligt.

In dem falschen Frieden, der hier herrscht, zuckeln wir als bloße Schatten unser selbst über den Hof, als blaugelb kostümierte Witze bringen wir den Leuten bei, was in welchem Behälter landet, und dabei kann uns selbst Uwe nicht mehr zusammenhalten. Es muss das Gesetz dieser Randzone zwischen Endhaltestelle, Kläranlage und Autobahnauffahrt sein. Alle, die hier ihr Wesen treiben, haben sich ihm freiwillig ergeben. Wir Recycler bilden da keine Ausnahme. Sofern wir unser kleines Revier wie unseren Augapfel hüten, sind wir wie die Schrebergärtner. Sofern wir uns dort am wohlsten fühlen, wo man mit niemandem rechnet, sind wir wie die Schausteller. Sofern wir unsere Schrullen unter Vortäuschung strengster Ernsthaftigkeit hegen, gleichen wir den Modelleisenbahnern.

Ein Mann tritt mit einem Staubsauger in der Hand an Arturo heran, dieser zeigt mit dem Kinn auf den entsprechenden Container. Ich drehe mich ab und erblicke den Kunststudenten. Er winkt mir zu, er lacht. Dann bückt er sich über den Leichtschrottcontainer und linst in seine Kamera. Über den Rand seiner Jeans linst wie immer sein Pospalt.

Vor zwei Wochen ist er zum ersten Mal bei uns aufgetaucht und hat Uwe im Bürocontainer sein Projekt geschildert. Als sie nach einer halben Stunde aus dem Container herauskamen, lief der Kunststudent im federnden Wippschritt davon, Uwe blickte ihm stirnrunzelnd hinterher. Auf Joãos Frage, worum es gegangen sei, antwortete Uwe: »Irgendwas mit dinglicher Wiedergeburt des postmodernen Subjekts, keine Ahnung. Etwas mit Re-Sexualisierung einer vom Konsum betäubten Haptik, fragt mich nicht. Ich habe kein Wort verstanden. Jedenfalls will er hier fotografieren. Für sein Dingsbums-Was-weiß-ich-Projekt. Er hat ein Stipendium von der Stadt. Jetzt kommt er halt manchmal vorbei. Himmelherrgott, was hätte ich denn sagen sollen? Nett sein zu ihm können wir ja trotzdem.«

Alle zwei oder drei Tage taucht der Kunststudent auf, packt seine Kamera aus und tappt suchend hin und her. Wenn er ein Motiv gefunden hat, wird er plötzlich ganz sportlich, geht auf die Knie oder breitbeinig in die Hocke, und das Einzige, was ich dann von ihm sehe, ist dieser ewige Pospalt, der aus seiner engen und tiefsitzenden Jeans hervorlugt.

Als Uwe am Ende der ersten Woche glaubte, seiner Menschenfreundlichkeit etwas schuldig zu sein, und den Studenten fragte, wie das Projekt angelaufen sei, zündete sich dieser eine Selbstgedrehte an und legte los, beschrieb wortreich, worum es ging, und wenn er mal keine Worte fand, kamen seine Hände ins Spiel, die seine Ideen groß auffächerten, während Uwe wie erstarrt dastand und sich wohl fragte, ob sein Freundlichkeitsanfall nötig gewesen war, und ein paar Meter hinter dem Studenten grinste João sich eins, und noch weiter hinten stand ich und sah wieder nur diesen verdammten Pospalt, der wie ein Zeigefinger aus der Hose des Studenten lugte, und ich stellte mir vor, dass das Gesicht des Studenten mit Dschihadistenbart, Tribal-Ohrgehänge und Hornbrille bloß eine Maske war, die er seinem Hintern aufgesetzt hatte, und dass sein eigentliches Gesicht auf der anderen Seite war, irgendwo im Bereich der tiefsitzenden Jeans mit dem haarigen Pospalt, aus dem heraus er der Welt zuschaute, die ihrerseits ihm zuschaute, wie er den Kunststudenten gab, der sich fotografierend mit Dingsbums und Wasweißich beschäftigte.

Jetzt rennt er um den Leichtschrottcontainer herum und nimmt sein Motiv von einer anderen Seite auf. Ich wende mich ab und muss an Mila denken. Wie gerne wäre sie so flink wie unser fideler Projektemacher. Sie hält das ärztlich verordnete Ruhigstellen weniger ein denn je. Vor ein paar Tagen ist sie bei einem Krückensprint der Länge nach umgefallen und hat sich das Gesicht aufgeschürft.

Bis das Bein verheilt ist, werden noch viele Verletzungen dazukommen. Nach wie vor lehnt sie es ab, sich ein wenig Ruhe zu gönnen. Im Gegenteil, seit dem Beinbruch vor drei Wochen ist sie noch rastloser geworden. Und auch grimmiger als sonst. Ich ertrage es, indem ich regelmäßig ihre Wohnung durchfege.

Wenn ich beim Fensterputzen innehalte, um mein Spiegelbild zu prüfen, denke ich an mein anderes Ich. Seit Milas Beinbruch weicht es nicht mehr von meiner Seite. Es ist dabei, wenn ich mit Mila am Tisch sitze oder auf dem Bett liege, aber auch, wenn ich allein an meinem Handy herumbastle oder mit einem Schöberli-Artikel in der Hand auf dem WC sitze. Belauern wir uns gegenseitig und prüfen uns mit herausfordernden Blicken, spüre ich, dass ich es vielleicht nie mehr loswerde. Ich hege sogar den Verdacht, dass in Zukunft noch weitere dieser Ichs auftauchen. Besser, ich stelle mich von Anfang an gut mit ihnen, um nicht so zu enden wie die Alten bei der Haltestelle mit ihren grantigen Selbstgesprächen.

Uwe tritt aus dem Bürocontainer. Als ich seine sauertöpfische Miene sehe, kommen mir unweigerlich die Formulare in den Sinn. Musste er wieder mal eine Zeile überspringen? Jedenfalls scheint dringend Not am Mann zu sein. Also eile ich auf meinen Chef zu und rufe: »Uwe?«

Uwe blickt widerwillig in meine Richtung.

»Uwe, ich hätte da eine Frage.«

Immer noch widerwillig kommt er näher. Er nickt, das heißt, ich darf loslegen.

»Woher weiß der Kunde, dass Eisen nicht in den Altmetallbehälter gehört, sondern in den Schrottcontainer?«

»Schrott ist eisenreich«, sagt Uwe mit einem Seufzen,

»Altmetall ist nichteisernes Metall. Wie zum Beispiel Kupfer, Zinn, Zink, Nickel, Chrom, Alumi…«

»Weiß ich doch«, sage ich, »schließlich hast du mir das beigebracht. Aber der Kunde, der hat keine Ahnung. Ich hätte da eine Idee: Wir könnten Schilder anbringen.«

»Lieber Philipp, wir stehen im ständigen Austausch mit unserem Kunden. Er fragt, wir antworten. Wir informieren ihn, und er beginnt zu begreifen. Das ist wirkungsvoller, als Schilder anzubringen, die sowieso keiner liest. Wir müssen den Kunden dort abholen, wo er für die Lernerfahrung am empfänglichsten ist, nämlich in seiner Gefühlswelt, verstehst du? Wir müssen den Lernprozess des Kunden mit Emotion anreichern. Und das geht am besten, indem man in persönlichen Kontakt mit ihm tritt.«

Ich nicke, Uwe dreht sich ab.

»Ach, Uwe, noch etwas.«

Ich habe keine Ahnung, was ich jetzt sagen soll. Aber ich sehe es Uwes Rücken an, dass der Mann noch nicht versöhnt ist. Also nehme ich das Erstbeste, was mir einfällt.

»Heute Morgen hab ich mit einem der Tramfahrer gequatscht. Der Walliser mit dem Augenzwinker-Tick, wie heißt er noch mal?«

»Zen-Ruffinen?«

»Ja, der. Weißt du, was der mir gesagt hat? Er hat gesagt, der lange Deutsche mit dem Ohrring und den fröhlichen Sprüchen, der sei mehr als in Ordnung. Auf so einen könnten wir stolz sein, ohne Wenn und Aber. Hat er selber gesagt. Zen-Ruffinen.«

Uwe starrt mich ein paar Sekunden lang wortlos an. Dann sagt er: »Zen-Ruffinen?«

»Zen-Ruffinen.«

Uwe murmelt: »Zen-Ruffinen. Ha! Der!« Dann beginnt er leise zu lachen. Ich stimme erleichtert in sein Lachen ein.

Ich habe tatsächlich mit Zen-Ruffinen gesprochen, als ich heute Morgen an der Tramhaltestelle meinen Kaffee trank. Erzählt hat er mir allerdings nichts. Oder sagen wir: nichts Erwähnenswertes. Über das Wetter haben wir geplauert, über Baustellen auf seiner Strecke, Vor- und Nachteile von Thermosflaschenkaffee. Aber ich bin sicher, Zen-Ruffinen hätte so etwas in der Art gesagt, wenn er ein bisschen gesprächiger wäre.

Uwe wendet sich wieder ab. Weiter geht der Kreislauf. Ein Auto nach dem anderen fährt heran, Kofferraumdeckel und Schiebetüren werden geöffnet, ein ständiges Rumpeln und Krachen. Entweder haben die Leute es eilig oder sie ertragen es nicht, ihre Sachen wegzugeben, und wollen die Angelegenheit deshalb rasch hinter sich bringen. Jedenfalls muss es immer sehr schnell gehen.

Behälter in verschiedenen Farben stehen bereit: Altmetall, Eisenschrott, Plastikbehälter, elektronische Geräte, Glas, Papier, Karton, Öl, Batterien, Flaschenkorken, Autoreifen. Viele der Kunden wissen, was wo hingehört, denn sie sind nicht zum ersten Mal hier. Andere fragen, indem sie ihren Gegenstand in die Luft halten und uns anstarren, woraufhin wir ihnen den passenden Behälter zeigen. Noch andere stehen ratlos da und können sich nicht entscheiden. Auf die gehen wir zu, die informieren wir, so, wie Uwe es uns beigebracht hat. Manchmal aber, wenn Uwe in seinem Bürocontainer sitzt, lassen wir sie absichtlich in ihrer Ratlosigkeit stehen. Wir beobachten sie aus dem Augenwinkel und warten ab, was passiert.

Einige schauen sich verstohlen um und schmeißen ihren Gegenstand in einen beliebigen Container. Andere stellen ihn auf den Boden und verziehen sich schleunigst.

Zack, bumm und weg, die alltägliche Hintergrundmelodie unserer Arbeit! Als ob den Leuten beim Wegwerfen eine Scham im Nacken säße. Mag Uwe die Verhältnisse hier noch so schönreden, dieser Ort ist nicht nur ein Sammelbecken im Kreislauf der Dinge, sondern auch ein Sammelbecken der menschlichen Niedertracht. Was die Menschen hier wegwerfen würden, seien die Schuttmoränen ihrer Kaufräusche, sagte mir der Kunststudent kürzlich, und ich musste ihm recht geben. Ihre Abfälle erinnern sie an die eigene Gier, die pausenlos schreit und zetert: »Hü und hott, rein und raus, Mann und Maus.«

João fährt Gabelstapler, Arturo steht mit dem Besen am Altpapierbehälter und schaut seiner eigenen Vergangenheit zu, Uwe ordnet und informiert, lobt und dirigiert. Ich hebe einen verwaisten Staubsauger auf und denke an den heutigen Abend.

Mein Vater wird mich um sieben Uhr abholen. Es sei eine Überraschung, verkündete er am Telefon, ich solle einfach vor der Haustür stehen und alles Weitere auf mich zukommen lassen. Da Mutter sich kurz darauf verplapperte, weiß ich bereits, was die Überraschung sein wird. Vaters Firma hat eine Loge im Eishockeystadion, und da er in der Hierarchie kürzlich noch einmal aufgestiegen ist, konnte er die ganze Loge für uns beide und zwei befreundete Arbeitskollegen reservieren. Mit Catering und allem Drum und Dran.

»Philipp, schön, dich zu sehen«, wird er sagen, wenn ich zu ihm in den Wagen steige, »wie war dein Tag?«

»Ganz okay. Selber?«

»Na ja. Wie immer genug zu tun, du weißt schon. Und sonst? Alles paletti bei dir?«

»Klaro«, werde ich sagen.

»Das ist schön.«

Dann werden wir losfahren, und eine Weile lang wird es im Wagen still sein, und irgendwann wird Vater sich räuspern und sagen: »Komisch, hab grad kürzlich an dich gedacht, als in der Firma das neue Abfallkonzept durchgegeben wurde.«

Und ich werde abwarten, was danach kommt, aber es kommt nichts, und ich werde sagen: »Komisch, ja. Doch wir sind keine Abfallsammelstelle. Wir sind ein Recyclinghof. Ist für die meisten das Gleiche, aber trotzdem.«

Und Vater wird sich energisch auf den Schenkel klopfen und sagen: »Natürlich, wie dumm von mir. Recycling! Absolut fahrlässig von mir, entschuldige!«

»Kein Problem. Es ist nur wegen meinem Chef. Der geht die Wände hoch, wenn man solche Dinge verwechselt. So ist er halt.«

»Ja, so sind sie, die Chefs. Ich könnte dir da ein paar Geschichten erzählen. Himmel, ganz viele Geschichten könnte ich dir erzählen!«

Und wieder werde ich abwarten, was kommt, aber es wird nichts kommen, keine einzige von all den Geschichten, die er auf Lager hat, und wieder wird es still sein im Wagen, und beide werden wir daran denken, dass es bis zum Stadion zum Glück kein langer Weg ist.

Vater kann mit Eishockey nicht viel anfangen. Überhaupt hat er von Sport wenig Ahnung. Wahrscheinlich weiß er nicht einmal, wie der städtische Klub heißt. Er tut das nur, um mir eine Freude zu machen. Vater weiß, dass ich gerne Eishockey schaue. Bestimmt hat er sich von seinen Kollegen beraten lassen, damit er auch wirklich ein attraktives Spiel erwischt. Weil sie ihre Aufgabe zu seiner Zufriedenheit erfüllt haben, hat er sie kurzerhand auch eingeladen. Zwei total unkomplizierte Typen, wird er sagen, ich bräuchte keine Angst zu haben. Es spielt der Tabellenerste gegen den Tabellendritten, wir stehen kurz vor den Play-offs, alles spricht für eine spannende Partie.

Ich bin sicher, es wird ein schöner Abend. Wir werden gut essen und ich werde bei jeder Torszene aufspringen, und wenn Vater immer wieder unauffällig zum Handy greift, werde ich es großzügig übersehen. Ich bin ganz froh, dass die zwei Arbeitskollegen dabei sein werden, es lockert den Abend bestimmt auf. Und bestimmt wird Vater auch den richtigen Moment abpassen, um mit seinem Sohn ein paar ernsthafte Worte zu reden. Er wird fragen, ob ich zufrieden sei mit dem Job und ob ich vielleicht Ideen hätte, wie es weitergehen soll. Keine Spur von Zwang. So etwas würde ihm nie einfallen. Vater will nur das Beste für mich, ich weiß das. Ein Gutmeiner wie er kann nicht anders. Aber natürlich weiß ich auch, dass er sich insgeheim etwas anderes für mich wünscht, eine zukunftsfähige Arbeit, wie er selber eine hat. Von der er nie erzählt.

Erzählt er nie davon, weil sie ihn unglücklich macht? Wünscht er sich insgeheim, nochmals an jenem Punkt zu stehen, wo ich jetzt stehe? Ich stelle mir vor, dass er Angst hatte damals. Angst vor einem Leben in zwei Hälften, die nicht das Geringste miteinander zu tun haben. Hier die Familie, dort der Job. Doch irgendwann überwand er die Angst, und jetzt hat er diese Arbeit, von der er zu Hause nie erzählt, und wünscht sich nur das Beste für seinen Sohn. Es muss ihn innerlich zerreißen, denke ich. Für dieses Zerreißen liebe ich meinen Vater, so fest ich es als Sohn nur kann.

Uwe stapft heran, baut sich vor einem der Schrottbehälter auf, das Gesicht rot vor Wut.

»Schau, herkommen, aber fix!«

João guckt hinter dem Behälter hervor. Sein Blick ist nicht ganz unschuldig.

»Mitkommen, mein Freund. Da hinten!«

Uwe marschiert voran, João streicht sich den Schnauzer glatt und trottet ihm hinterher. Mit einigem Abstand folgen Arturo und ich. Uwe geht zum großen Eingangstor hinaus und linksherum zu den Parkplätzen. Er strebt auf Arturos Lancia zu, kniet sich neben das Auto und greift darunter. João hält sich die Hand vor die Augen, Arturo bleibt reglos. Uwe zieht ein Huhn unter dem Lancia hervor. Schwarz-weiß gesprenkelt, ein Ancona, super Legehuhn, aber dieses Exemplar hier ist mausetot. Und ohne Kopf. Uwe hält es in die Höhe und funkelt João böse an.

»Jetzt musst du dir aber was höllisch Gutes ausdenken, Amigo. Was zum Donnerwetternochmal tut ein kopfloses Huhn auf dem Parkplatz neben meinem Recyclinghof? Und dann noch unter diesem Lancia, von dem jeder in der Gegend weiß, wem er gehört?«

João druckst herum.

»Vielleicht kannst du ja deinem Kompagnon helfen, Arturro?«

Arturo hebt die Arme, holt Atem, wirft einen Blick zu João, lässt die Luft wieder raus und sagt nichts. Schließlich sagt João: »Ein Unfall, Chef, todtraurig, Unfall, wo mir jetzt noch im Herz drin Schmerz versacht. Das Huhn war Geschenk vom sehr guten Freund, zum für Transportieren hinten auf Rücksitz, aber dann plötzlich fliegt es nach vorne, und bevor Turo und ich realisieren all das Ausmaß von die ganze Situation, schon ist es weg aus das offene Fenster, und schon kommt Transport von auf die Gegenüberseite von der andere Spur von die Straße, und schon fliegt das Huhn unter, und wo Transport-Lkw endlich vorbei, wir halten sofort an und sehen, das Huhn lebt noch, aber Jesusmaria, sieht ganz furchterlich aus, was sollen wir tun, denke ich und Arturo sagt, wir müssen helfe, damit es schneller im Himmel, aber ich habe nur ein Sackmesser, also mache ich …«

»Ja, ja, schon gut, hab verstanden«, unterbricht Uwe.

»Aufbewahrung von tote Hühner im Auto ist unter optimal«, fährt João fort, »weil Hygiene, aber wo sonst, da hab ich gedacht, bis Feierabend darunterlegen und dann schönes Grab präparieren beim Fluss oder Kläranlage oder beim Schrebergarten oder andere schöner Ort, weil das war nämlich ein gutes Huhn, Ancona, super Legehuhn, mehr als zweihundert Eier pro Jahr …«

»Jaja, aber wo hättest du dein Huhn denn untergebracht, Schau? Hast du überhaupt Platz bei dir zu Haus? So ein Huhn braucht nämlich sehr, sehr viel Platz zum Picken und Scharren. Da gibt's strenge gesetzliche Bestimmungen, das weißt du.«

João schaut mich an. Ich verziehe keine Miene und denke: Ich weiß von nichts. Schon gar nichts von einem illegalen Hühnerhof gleich hier in der Nähe und davon, dass das kopflose Huhn wohl kein Geschenk von einem guten Freund an João ist, sondern umgekehrt. Ich sehe, João und Arturo lesen meine Miene, die nichts preisgibt, richtig, und João sagt: »Ein anderer guter Freund von mir arbeitet im Bauernhof. Ich habe ihn höflig gefragt, und er hat gesagt, kein Problem, João, nehm ich es für dich.«

Stille. Uwes Gesichtszüge erstarren, João senkt den Blick. Uwe schnaubt, João senkt den Blick noch tiefer. Dann endlich bückt Uwe sich und legt das Huhn zurück unters Auto.

»Glaub bloß nicht, dass ich das einfach so vergesse, Schau. Uwe Löhlein hat ein Gedächtnis wie ein Elefant, alles wird da oben gespeichert, restlos alles. Nur damit du's weißt.«

Eine halbe Stunde später – Uwe hat mich frühzeitig nach Hause gelassen, während João und Arturo zur Strafe den Schrottcontainer putzen – lasse ich den Recyclinghof hinter mir und gehe zwischen den Schrebergärten davon. Von einem der Gartenhäuschen her dudelt Musik, auf einer Bank sitzt eine Frau und putzt sich geräuschvoll die Nase. Mit einem Mal wird mein Gang schneller, ich beginne zu traben, blicke mich panisch um, sehe links und rechts nur hohe Gartenzäune, renne weiter, bis ich endlich zur Böschung gelange, stolpere durch dichtes Gestrüpp zum Kanal hinunter. Just als ich am Ufer angelangt bin, schießt mir eine übelriechende gelbe Fontäne aus Mund und Nase. Ich falle auf die Knie, röchle, dann kommt noch ein Schwall, schließlich noch ein dritter. Die Brühe schwimmt im dunklen Wasser des Kanals davon, ich blicke ihr mit tränenden Augen nach. Dann kauere ich mich zusammen und wimmere leise vor mich hin.

Was ist los mit mir? Ist es der Anblick des kopflosen Huhns? Habe ich etwas Verdorbenes gegessen? Vielleicht. Vielleicht auch nicht. Denn das Gleiche ist mir in den letzten Wochen schon zwei Mal passiert, immer nach der

Arbeit. Mich beschleicht die bittere Ahnung, dass es der Recyclinghof ist, der meinen Mageninhalt hochkommen lässt. Ausgerechnet jener Ort, an dem ich damals meinen Mentor gefunden habe, an dem ich meine Umgebung nicht unter Druck setze.

Ich wasche mein Gesicht, bedecke die Reste vom Erbrochenen, die nicht im Wasser gelandet sind, mit Erde und Laub, und erhebe mich langsam. Wie einer, der sehr lange krank war, wanke ich auf dem Kiesweg weiter. Als ich vorsichtig den Kopf in den Nacken lege und meinen Blick in die Baumkronen richte, sehe ich vor meinem inneren Auge Jonas als Schnippelbaron auf den Obstbäumen. Seine tägliche Hintergrundmelodie ist kein Rumpeln und Krachen, sondern der Springfedergesang des Buchfinken, das freundliche Flöten der Amsel, das Rauschen des Laubs im Wind. Ja, ich beneide ihn. Und ja, ich habe eine Idee. Schon seit ein paar Tagen trage ich sie mit mir herum. Sie ist bestechend, vielleicht hat sie sogar das Zeug, die kritischen Fragen meines Vaters in Würde zu überstehen.

Als ich bei der Modelleisenbahn angelangt bin, halte ich an. Unter einer brusthohen Stahlbrücke knien drei Männer in blauen, schmierfettfleckigen Overalls. Der älteste von ihnen schlägt mit einem schweren Engländer auf eine Stelle an der Brücke und schaut die beiden anderen an. Sie nicken und beginnen zu diskutieren. Ich wende den Blick von ihnen ab. Weiter vorne am Zaun steht noch ein Zuschauer. Er stützt sich auf seine Nordic-Walking-Stöcke und wirft mir einen komplizenhaften Blick zu. Eine Lok mit Tender taucht auf, die drei Männer im Overall ducken sich unter die Brücke und erstarren, es rattert, rattert, rattert, dann ist die Lok vorbei, verschwindet hinter einem Hügel. Die drei Männer nähern sich wieder der fehlerhaften Stelle an der Brücke und beginnen erneut zu diskutieren.

Als die Lok auf der anderen Seite des Hügels abermals auftaucht, sehe ich, dass hinter dem Zaun gegenüber noch ein weiterer Zuschauer steht. Er trägt eine Cargohose, darüber ein kariertes Hemd und Anglerweste, dazu eine verspiegelte Sonnenbrille. Neben ihm steht ein riesiger Hund in zotteligem Wollpelz, sein Blick in meine Richtung ist ebenfalls komplizenhaft. Als sei der Hund der Eisenbahn-Aficionado und sein Herrchen bloß ein treuer Begleiter.

Die Lok taucht wieder auf, die ganze Nummer fängt von vorne an. Drei stumme Männer und ein Hund betrachten einen fahrenden Modellzug und kümmern sich nicht um die Zeit. Sie wissen, sie sind nicht ganz normal. Sie wissen aber auch, hier am Stadtrand stört sich keiner daran.

12

1\. April, Gründonnerstag. Der Tag des Abendmahls ist dieses Jahr ein einziger Aprilscherz. Den einfachen Mann von der Straße hindert das nicht, auch heute seinen Ballast abzuladen. Ich lotse einen schwer beladenen VW Touran zwischen die Container. Der Fahrer, ein Glatzkopf in zerrissenen Jeans und Converse-Latschen, bedankt sich mit einem Nicken und steigt aus. Ich begutachte sein Wegwerfgut. Setzlingsschutzhauben voller Erdkrusten, eine staubige Fahrradpumpe, ein halbes Dutzend Bierkästen, ein Kompostiergitter und vieles mehr. Bestimmt hat er seinen Gartenschuppen ausgeräumt. Ich zeige ihm, was wo hingehört, doch er ist ungeduldig und schmeißt die Hälfte seines Guts in die falschen Behälter.

Ich werfe einen Seitenblick zum Bürocontainer. Was dort passiert, lässt Ungutes erahnen. Uwe schaut zum wiederholten Mal auf seine Uhr und grummelt vor sich hin. Zehn Uhr und João ist noch immer nicht zur Arbeit erschienen. Das wäre nicht weiter schlimm, aber Joãos Absenzen haben sich in letzter Zeit gehäuft. Auch ein ausgesprochener Menschenfreund wie Uwe kann so etwas irgendwann nicht mehr hinnehmen.

Der Besitzer des VW Touran pfeffert seine letzte Ladung in einen der Behälter und wischt sich die Hände ab. Er ist zufrieden. Überflüssiges loswerden tut gut, weniger ist mehr. Das ist die Devise der Zehnerjahre. Dass sich sein Gartenschuppen gemäß einer anderen Devise der Zehnerjahre bald schon wieder füllen wird, weiß der Gute in diesem Moment nicht. Selig sind die Armen im Geiste. Der Mann schenkt mir ein aufgeräumtes Lächeln, stößt die Schiebetür seines Wagens zu und setzt sich in sein Cockpit. Er stellt das Autoradio an und dreht die Lautstärke auf. Chris Rea singt *I Can Hear Your Heartbeat*. Der Mann stimmt mit Inbrunst ein und braust grußlos davon.

Uwe tritt aus dem Bürocontainer und tigert hin und her, holt sein Handy aus der Beintasche, tippt, hält den Apparat ans Ohr, bleibt stehen, lauscht dem Tuten. Doch João hat offenbar keine Lust auf Quatschen mit dem Chef. Uwe steckt das Handy wieder ein und eilt kopfschüttelnd davon.

Wieder ein großer Van. Renault Espace, Chrysler Voyager, Ford Galaxy oder was auch immer, die Raumschiffe auf vier Rädern lassen sich kaum voneinander unterscheiden. Dieser hier ist nicht nur angefüllt mit tausend Dingen, sondern auch mit einer ganzen Familie. Schon gehen die Türen auf und die Bande flutscht aus dem Auto wie die Eingeweide aus einer aufgeschlitzten Kuh im Schlachthof. Ich weiß, was jetzt passieren wird. Alle werden zu den Presscontainern strömen. Presscontainer sind die einfachste Lösung, sie haben ein großes Maul und nehmen alles auf. Also bringe ich mich in Position und dirigiere los. »Den Fisher-Price-CD-Player bitte in die blaue Box auf der anderen Seite, die Vorhangstange ist aus Aluminium, also in die gelbe Box, Kleidersack in den Kleidercontainer ganz hinten am Zaun, nein, das kann ich Ihnen nicht abnehmen, ja, die Plastikflaschen in die weiße Box ...« Aber zwei Erwachsene und drei Kinder sind zu viel für mich. Manchmal entwischen sie mir und lassen ihre Ladung im hohen Bogen in die Presscontainer fliegen. »Nein, das ist Gusseisen und gehört nicht in dieselbe Box wie der Staubsauger, ja genau, dort, danke, und die Comics bitte zum Papier, wie's einem der gesunde Menschenverstand von allein sagt, danke schön, und das Verpackungsmaterial hier gehört streng genommen in den Hausmüll, aber wir wollen mal nicht so sein ...«

Für uns ist dieser Taumel Alltag geworden. Es ist die Fülle der Waren, die die Leute besoffen macht. Sippen wie diese hier scheinen mehr davon betroffen als Einzelne. Wie ich ihnen so zuschaue, muss ich an jene Schweizer Familie denken, die ich einst im ersten deutschen Drogeriemarkt nach der Basler Grenze gesehen hatte. Der überdimensionierte Einkaufswagen, um den sie sich scharte, war bis zum Rand vollgestopft mit Tübchen und Döschen, Schächtelchen und Fläschchen, Nagelgels im Doppel-, Bodylotions im Dreier-, Haarspangen im Multipack, allerlei praktischen Cremes, Pülverchen und Pasten mit Aloe vera, Kamille oder Alpenkräutern, Rasierklingen für den Mann, Peelings für die Dame, Kajal für die Teens, Barbiepflaster für das Nesthäkchen. Und die Gesichter von Klein und Groß schimmerten rosig wie Lipgloss und Kirschblütenseife.

Ich denke: Vielleicht ist das hier die gleiche Familie wie damals im dm-Markt zu Weil am Rhein. Eine Familie, die Wochenende für Wochenende billig einkaufen und billig wegschmeißen muss, um nicht auseinanderzufallen. Genauso wie uns vom Recyclinghof droht ihr ständig alles wegzubrechen, doch im Gegensatz zu uns hat sie ein brauchbares Gegenmittel gefunden: Wagen füllen, Wagen leeren, hü und hott, rein und raus, Mann und Maus.

Normalerweise lasse ich das getrost an mir vorbeiziehen. Heute schaffe ich es nicht. Der Sinn, der hier immer so freundlich zu mir war, zeigt mir seine hässliche Fratze. Inmitten des Taumels beginne ich selber zu taumeln. Mit einem flauen Gefühl im Magen wanke ich davon, verschwinde hinter den hinteren Containern, gehe weiter zum Altölbehälter, und dann noch weiter, in die abgelegenste Ecke, wo vergessene Palettenstapel, Wellbleche und Drahtgitterrollen stehen. Als ich endlich bei der Hecke ankomme, die uns von dem Areal der Schausteller trennt, fällt mir auf, dass ich noch immer diesen Gegenstand in der Hand halte. Ich habe ihn dem Jungen abgenommen, der zu klein war, um ihn in den Container zu werfen. Ein Stabmixer, angenehm und leicht liegt er in der Hand, blitzblank glänzt er in der Sonne.

Ich kauere mich hin, beuge mich über das Ding. Langsam beginnen meine Hände, es auseinanderzuschrauben. Eine stille, eine bedächtige Arbeit, doch die Wirkung stellt sich schnell ein: Wie ein Amulett oder ein Rosenkranz schirmt das Ding mich von der Welt ab, und schon legt sich die Übelkeit und ich bin weit weg von allem. Genau wie João, der heute endgültig zur Geisel seiner Geschäfte geworden ist. Genau wie Arturo, der jetzt irgendwo steht und seiner eigenen Gegenwart als gelebtes Leben zuschaut. Genau wie Uwe, der um seine Überzeugungen kämpft und, wenn die Kraft nicht mehr reicht, zu den Puppen greifen muss. Ich bin weg, und das Getümmel unter dem großen Dach tümmelt ungerührt weiter.

Ich weiß nicht, wie viel Zeit so vergeht. Es ist wie ein Dornröschenschlaf, eine gefühlte Ewigkeit. Irgendwann höre ich Schritte hinter mir, dann eine aufgeregte Stimme: »Philipp!«

Ich drehe mich um. Es ist Uwe, in seiner geballten Uwehaftigkeit. Besorgt, zupackend, rührselig. Auf seiner hohen Stirn feine Schweißperlen, im Mundwinkel ein Zucken.

»Scheiß die Wand an!«, sagt er atemlos. »Was zum Teufel machst du da?«

Er zeigt auf die Einzelteile des Stabmixers, die zu einem Kreis formiert vor mir liegen. Ich richte meinen Blick auf das Gebilde, als ob ich so etwas zum ersten Mal in meinem Leben sähe.

»Jetzt stellt sich nur noch eine Frage«, sagt Uwe. »Bist du komplett verrückt oder einfach nur ein bisschen verrückt?«

Ich sage nichts. Starre nur auf diesen Stabmixer, den ich einem Jungen abgenommen und hier am Rand des Areals in meiner Benebelung auseinandergenommen habe.

»Philipp, sag mir, dass wir hier nicht im Irrenhaus sind. Sag mir, dass das alles nur ein lustiger Scherz ist. Und schau mich bitte nicht so an!«

Aber es nützt nichts. Ich schaue Uwe weiterhin so an, in meiner ganzen Philipphaftigkeit. Arglos, grundehrlich, maulfaul.

»Herrgott, Philipp! Als ob ich nicht genug Scherereien hätte mit unseren zwei Lusitanern. Arturro steht seit Wochen nur noch da wie ein Ölgötze. Und Schau, der durchtriebene Gauner, ist uns heute vielleicht für immer verloren gegangen, wahrscheinlich von seiner Mafia um die Ecke gebracht oder irgend so was in der Art. Was ist mit dieser Welt los? Und warum muss der arme Uwe

Löhlein immer der Saubermann in diesem Laden sein? Ich hab doch schon genug zu tun. Philipp, reiß dich bitte zusammen. Ich will dir vertrauen können, wenigstens dir will ich vertrauen können!«

Hinter Uwes Rücken taucht nun Arturo auf. Er kratzt sich am unrasierten Kinn, streckt den Zeigefinger zögerlich in die Luft und sagt: »Chef?«

Uwe dreht sich blitzschnell um. »Nein, Arturro! Nein, nein und nochmals nein. Jetzt nicht, verstanden? Herrschaftszeiten noch mal!«

Doch Arturo lässt sich nicht beeindrucken. Er sagt: »Chef, Problem. Wegen João. Große Problem, sehr große Problem.«

Das ist zu viel. Zu viel für den geschundenen Saubermann. Uwe dreht komplett durch. Stampft wie Rumpelstilzchen auf und reißt sich fast entzwei. Tobt und flucht und fuchtelt die Luft in tausend Stücke. Arturo und ich stehen da und schauen tatenlos zu, vorne tümmeln die Wegwerfer unbeirrt weiter.

Fünf Minuten später haben wir unseren Chef in den Pausencontainer gebracht. Arturo macht Kaffee, ich sitze neben Uwe und schweige solidarisch. Als der Kaffee dampfend auf dem Tisch steht, fängt Arturo an. João stecke gehörig in der Klemme, aber er könne nichts dafür, wirklich, ein Partner habe ihn hängen lassen und jetzt müsse er alles allein ausbaden. Was der Schau denn ausbaden müsse?, fragt Uwe und stiert in seinen Kaffee. Kleines Ostergeschäft, sagt Arturo, nein, nicht kleines, eher ein großes, ein sehr großes sogar, ein Riesenostergeschäft. Eine Expressbestellung habe er bekommen, Nester mit allem Drum und Dran, hundertfünfzig Stück. Holzkörbchen mit Kunstgras, Hühnerei, Schokohase,

Zuckerzeug und allem. Aber wegen einer fehlenden Lieferung sei João in allerhöchste Not geraten und es gebe nur eine einzige Rettung.

Uwe schaut von seinem Kaffee auf. Was denn? Was sei die Rettung?

Arturo windet sich, mit seinem Blick fleht er mich an, aber ich kann ihm nicht helfen. Schließlich sagt er: »Eben gerade Anruf aus Baumarkt. João kauft jetzt starkes Drahtschere. Zum Aufmachen den Zaun, wo drin ist Rettung. Rettung heißt großes Verteilezentrum von Supermarkt. Letzte Rettung. Sonst wird Partner von João sehr böse. Kenne ich Partner persönlich. Schwieriger Mann, sag ich dir, Uwe, sehr schwieriger Mann.«

Uwe pustet in seinen Kaffee, Arturo erzählt weiter. Joãos Ruf stehe auf dem Spiel. Ein guter Ruf, um nicht zu sagen der beste Ruf hier in der Gegend, alle vertrauten João, weil er absolut verlässlich sei. Jeden noch so ausgefallenen Wunsch erfülle er innerhalb einer Woche, und seine Ware sei immer tipptopp. Ich sehe Uwe die Frage nach dem Ausmaß von Joãos Geschäften an. Ich sehe ihm aber auch an, dass er von einer Antwort auf diese Frage lieber verschont werden will. Er sei dagegen, dass sein Freund ins Verteilzentrum einbreche, sagt Arturo, so viel sei auch der beste Ruf nicht wert. Trotzdem müsse er jetzt gehen, und zwar sofort. Seinem Freund helfen.

»Kommt gar nicht infrage«, zischt Uwe und schlürft laut an seinem Kaffee.

Doch, sagt Arturo. Er habe nie im Leben etwas gegen einen Chef gemacht, auch beim Gemüsebauern nicht, wo es richtig schlimm gewesen sei, sogar dort habe er nie widersprochen, aber jetzt müsse er. João sei sein bester Freund.

»Kann ich nicht akzeptieren«, sagt Uwe.

Arturo holt tief Atem. Und dreht sich um. Und geht. Er, der notorische Herumsteher, schreitet zur Tat. Leise schließt sich hinter ihm die Tür des Pausencontainers. Und weg ist er.

Uwe haut mit der Faust auf den Tisch. Ich presse die Lippen zusammen. Keiner von uns rührt sich. Irgendwann springt Uwe auf und sagt: »Kennst du jemanden, der sofort kommen und auf die Bude aufpassen kann? Denk nach, aber schnell!« Draußen röhrt Arturos Lancia, Uwe rennt zur Tür.

Ich kenne Jonas, denke ich. Der ist keine fünfhundert Meter weit weg von hier, der könnte bestimmt schnell kommen, wenn er zu Hause ist. Aber ist Jonas einer, dem ein Uwe vertraut? Wohl kaum. Jonas wäre nie im Leben Uwes Hoffnungsträger geworden. Wen gibt es sonst?

»Der Schöberli«, flüstere ich leise. Der Schöberli ist's. Ein Kauz zwar, aber einer, dem Uwe vertrauen kann. Ich stürme ebenfalls aus der Baracke.

Keine fünf Minuten später bremst Uwe unseren Transporter vor dem Bienenstock jäh ab. Ich steige aus und renne in den zweiten Stock. Nochmals fünf Minuten später komme ich mit dem Schöberli im Schlepptau zurück.

»Tag wohl, die Herren«, sagt der Schöberli, als er sich in die Kabine des Transporters quetscht. »Um gleich zur Sache zu kommen, ich kenne mich aus mit Sortieren. Hab schließlich fünfunddreißig Jahre lang als Archivar gearbeitet. Bref, ich bin ihr Mann.«

Uwe lächelt. Ja, der Schöberli gefällt ihm. Das ist sein Typ. Energisch, kompetent, wenn auch auf eine unorthodoxe Art. Wir rasen zurück zum Recyclinghof, laden den Schöberli aus, rasen weiter. Uwe ist immer noch dagegen,

João aus der Klemme zu helfen, aber jetzt tut er es trotzdem. Gegen sein Dagegensein. Man merkt, das ist neu für ihn. Und doch weiß er ganz genau, dass es auch hier keine halben Sachen gibt.

»Arturro, ruf den Schau an. Schnell!«

Arturo greift widerwillig zum Handy, tippt, hält das Gerät ans Ohr. João nimmt nicht ab. Uwe stemmt seinen Fuß noch fester aufs Gaspedal. Mit eingezogenen Köpfen starren wir auf die Straße, mit halb geschlossenen Augen rasen wir bei Dunkelgelb über eine Kreuzung. In uns regt sich die Ahnung, dass es hier nicht nur um unseren Kollegen João, sondern um uns alle geht. Ohne ein Wort darüber zu verlieren, weiß jeder, dass er etwas gegen sein eigenes Abdriften tun muss. Das entschlossene Schweigen in der Fahrerkabine ist der Anfang einer neuen Einigkeit.

Im Schritttempo fahren wir am Gelände des Verteilzentrums vorbei und suchen die Gegend ab. Weit und breit kein João, aber auch kein Loch im Zaun. Wir parken ein paar Straßen weiter und laufen zurück. Arturo meint, dass João wahrscheinlich den Transporter von Gonçalves genommen hat, aber auch dieser ist nicht zu sehen. Dann entdeckt Arturo halb unter einem geparkten Auto versteckt eine Drahtschere. Wir schauen uns an. Im selben Moment ertönt von weit her ein Rasseln. Wir drehen uns um. Auf der Querseite des Verteilzentrums, etwa sechzig Meter von uns entfernt, klettert jemand den Zaun hoch.

»Philipp«, sagt Uwe, »du bist der Schnellste von uns. Hol ihn da runter, bevor er drüber ist! Aber fix!«

Ich sprinte los. Tatsächlich ist João schon fast drüber, als ich bei ihm ankomme. Obwohl er mich gesehen hat, klettert er weiter. Auf der anderen Seite des Zauns angelangt, blickt er mich endlich an und zischt: »Philipp, machst dich weg vom Staub hier. Dieses Geschäft ist Sache von Angelegenheit von mir persönlich. Gehst weg, aber schleunig!«

»João, wir wollen dir doch nur helfen.«

»Nicht nötig. Alles im Griff. Tschüss.«

»João, mach keinen Quatsch!«

»Für euch ist alles Quatsch, alle meine Affäre, wo ich unternehme. Also könnt ihr mich gradsogut in Ruhe lassen. Gehst jetzt weg, Philipp, zum wiedergeholten Male!«

»Aber João, ich bin der Letzte, der deine Angelegenheiten für Quatsch hält. Du bist doch mein Mentor! Glaubst du etwa, ich habe schon ausgelernt bei dir? Ich will noch viel mehr von dir lernen, aber nicht das Einbrechen in Verteilzentren.«

João schaut sich ungeduldig um. Er sagt: »Allerletzte Mal, Philipp. Weg! Jetzt ist keine Garantie mehr für dich.«

»João, weißt du eigentlich, dass ich ohne dich und Arturo schon lange gekündigt hätte? Ich brauch euch beide. Uwe ist ein super Chef, aber allein könnt ich den nicht aushalten.«

Bei dem Satz kriecht mir ein mulmiges Gefühl durch die Brust. Aber jetzt muss ich erst mal João auf den rechten Weg zurückbringen, koste es, was es wolle.

João blickt mich schweigend an. Dann presst er etwas, das wie ein portugiesischer Fluch klingt, zwischen den Zähnen hervor und spuckt auf den Boden. Schließlich schaut er sich um und klettert zurück auf meine Seite.

Wir holen seine Drahtschere, die noch immer unter dem geparkten Auto liegt. »Typisch Produkt von China.

Nicht mal zum für alter Rostdraht gut genug«, murmelt João. Ohne Eile spazieren wir vom Areal des Verteilzentrums weg und steigen in den Transporter zu Uwe und Arturo.

Eine Zeit lang sitzen wir wortlos da. Dann endlich macht Uwe den Mund auf: »Pass auf, Schau. Ausdiskutieren können wir die ganze Angelegenheit später. Und glaub mir, Freundchen, wir werden das äußerst gründlich diskutieren, das kann ich dir garantieren, Himmelarschundzwirn! Jetzt aber haben wir erst mal zu tun. Wenn ich richtig informiert bin, sitzt du gehörig in der Scheiße.«

»Richtig geformuliert«, sagt João. »Mein Kunde weiß eine kleine Sache von mir, die wo ist lächerlich, müssen wir gar nicht drüber sprechen. Aber wenn einer mir etwas Böse will, dann kann er an die Sache bisschen herumschräube und mich in die Pfanne hauen wie Hühnerei. Kann er Justiz ausübe, wo keine Justiz ist.«

Uwe schnalzt mit der Zunge. Dann sagt er: »Die Geschichte lassen wir jetzt besser auf sich beruhen. Wie viele von diesen verdammten Osternestern brauchst du noch mal? Hundert? Fünfhundert?«

»Hundertfünfzig«, sagt Arturo.

»Gut. Hier der Plan: Wir zwei, Schau, fahren jetzt zusammen nach Jestetten zum Aldi und füllen unseren Wagen bis unters Dach mit Osternestern. Kostet einen Bruchteil von hier. Und wenn's in Jestetten nicht genug gibt, machen wir ruckzuck rüber nach Waldshut. Ich übernehm das. Finanziell, meine ich. Ich hab schließlich die Verantwortung. Und außerdem hab ich eine Kundenkarte von Aldi Süd.«

»Quatsch«, sagt João. »Verantwortung komplett in

Hände von mir selber. Nichts mit Aldi Süden. Ich bringe das selber zusamme, fertig Schluss.«

»So?«, entgegnet Uwe. »Und wie willst du das anstellen, wenn ich fragen darf? Wo bitte schön willst du deine hundertfünfzig Körbchen hernehmen? Und das ganze Kunstgras, kannst du mir das sagen? Nicht zu reden von den Eiern und dem anderen Kram, Schokozeug und so.«

»Eier habe ich selber«, erwidert João. »Original Ancona. Leckerste Eier von weltweit und breit. Wegen andere Sache fällt mir schon noch eine Idee ein. Machst du dir keine Sorge, Uwe. Ich bitte nur um ein Tag frei in ...«

»Der Gemüsegroßmarkt!«, rufe ich dazwischen. »Da gibt's bestimmt diese Kartoffelkörbchen. Die aus den breiten Holzspänen! Kann man doch super als Osternestkörbchen verwenden. Und sind originell dazu. Keine Nullachtfünfzehnkörbchen.«

Schweigen.

Arturo räuspert sich und sagt leise: »Und Kunstgras weiß ich wo. Oder Idee wo könnte. Keine Ahnung, ob wirklich gibt. Aber Idee.«

»Na, dann erzähl mal deine Idee«, sagt Uwe und blickt Arturo herausfordernd an.

»Gibt hier nah Produktion von künstlich Grase. Fußballgrase zum Beispiel. Haben wir selber auch bei uns, wo wir trainieren, Galatasaray Altstetten, mein Klub. Vielleicht hat Produktor Reste von Kunstgrase. Können wir nehmen, ausschneiden und in Korb legen. Schön hübsch, das Osternest. Keine nullachtfünfzehn.«

Schweigen.

João beginnt erst langsam zu nicken, dann immer schneller und heftiger. »Ja«, sagt er. »Könnte hingehauen, das. Und für Schokozeug fällt uns auch noch eine

Idee ein. Leute, exakt genau so machen wir's.« Er ballt die Hand zur Faust und beißt sich auf die Unterlippe.

»Tut mir leid, aber auch das kann ich nicht zulassen«, wirft Uwe ein. »Gemüsekörbchen und Kunstrasenreste mitnehmen ist genauso Diebstahl wie ganze Osternester vom Verteilzentrum eines Supermarkts. Das geht einfach nicht, Jungs.«

»Mitnehmen heißt Wiederverwertung, Chef. Sagst du selber immer«, erwidert João. »Wenn der Produktor vom Kunstrasen für Reste nicht mehr Gebrauch benötig hat, was macht er? Wegwerfen. Wir nehmen nur sein Wegwerf und rezikeln es. Ist unser Job, meine Herren. Schlicht und einfach unser Job. Und im Gemüsegroßmarkt gehen wir zuerst einmal freundlich zum Chef von dort und fragen freundlich und besprechen die Sache von die Angelegenheit. Und dann schauen wir.«

Uwe verzieht das Gesicht. Ich sehe, wie er zu kämpfen hat. Er ist ein vernünftiger Mensch, er kennt die Widerborstigkeit der Realität, die uns tagaus, tagein belagert. Und doch fällt es ihm nicht leicht, seine Prinzipien über Bord zu werfen. Außerdem besteht er trotz Joãos Einwänden auf seiner Verantwortung. Er hat da nicht ganz unrecht, wie ich finde. Dass er schließlich nachgibt, ist wieder einmal seiner Liebe zum Menschen und zu dessen Schwächen geschuldet.

Im Großmarkt ist um diese Zeit kaum etwas los, die regste Geschäftigkeit herrscht hier lange vor dem Morgengrauen. Unter Uwes skeptischem Blick sondiert João die Lage, geht zum Aufseher, fragt freundlich und bespricht mit diesem die Sache von die Angelegenheit. Er kommt mit einem Strahlen im Gesicht zurück. Diese Körbchen gebe es tatsächlich, außerdem seien sie spottbillig. Ab fünfhundert Stück fast gratis. Aber kaufen könne man die nur als registrierter Händler. Was er leider nicht sei. Und wir andern auch nicht, schätze er mal. Uwe seufzt, doch João lässt sich seine gute Laune nicht nehmen. »Bitte keine besorgte Falten auf die Stirn machen, Chef. Finden wir auch hier eine Lösung, wo alle sich geben am Schluss zum Frieden.«

Arturo neigt sich zu João, zeigt auf den leer stehenden Kastenwagen eines Kunden und flüstert seinem Freund etwas ins Ohr. João nickt, flüstert zurück. Dann setzen sie sich gleichzeitig in Bewegung. Uwe blickt mich an und macht ein angesäuertes Gesicht, ich zucke mit den Schultern.

Was wir dann beobachten, erinnert an einen präzise einstudierten Schwank, in dem die Figuren sich stets um ein Haar verpassen. João geht zielstrebig ins Büro des Aufsehers, während Arturo sein Handy ans Ohr hält und wild gestikulierend drauflosredet. In sein imaginäres Gespräch vertieft, nähert er sich unauffällig einer Reihe von leer stehenden Kastenwagen, eiert hin und her, fuchtelt, schneidet Grimassen. Uwe hält sich die Hände an die Schläfen und murmelt: »Was zum Teufel läuft hier ab? Holzauge, sei wachsam, aber wirklich!«

Arturo spielt seine Rolle gut, das muss man schon anerkennen. Kein Zeuge würde bemerken, wie genau er im Blick hat, was rundherum passiert. Links das Fenster des Büros, wo João den Aufseher scherzend abzulenken beginnt. Rechts der Großmarkt-Imbiss, wo die Fahrer der leer stehenden Kastenwagen ihren Kaffee trinken. Das Folgende läuft so schnell ab, dass selbst Uwe und ich es fast verpassen. Schon ist Arturo in einem der Kastenwagen, nach fünf Sekunden ist er wieder da, in der einen

Hand ein weißes Kärtchen, in der anderen immer noch das Handy. Nun geht er ins Büro des Aufsehers, taucht im Fenster neben João auf, hält die Karte hin, während João mit seinen Sprüchen noch mehr aufdreht. Der Aufseher nimmt die Karte herzhaft lachend und ohne aufzuschauen, entgegen und macht ein paar schnelle Handgriffe. Neben mir sagt Uwe: »Da staunt der Laie und der Fachmann wundert sich.«

Arturo taucht wieder in der Tür auf und verschwindet in einem Tor gleich daneben. Lange Sekunden vergehen, dann sehen wir ihn erneut, im Schlepptau einen Gabelhubwagen, darauf eine Europalette voller Holzkörbchen. Am Kastenwagen angekommen bückt er sich, zieht das Kärtchen und zwei Geldscheine aus der Tasche, schmeißt beides durchs halb offene Fenster auf den Fahrersitz. Dann spaziert er in einer Seelenruhe mit dem Hubwagen auf unseren Transporter zu. Kurz später ist alles eingeladen. Arturo schiebt Uwe wortlos vom Fahrersitz und fährt los.

»Du hast jemanden vergessen, Freund«, ruft Uwe.

»Warten wir hinter Ecke«, erwidert Arturo.

Kaum haben wir hinter der nächsten Ecke angehalten, sprintet im Rückspiegel auch schon João heran.

»Was genau ist da passiert, wenn ich mir die Frage erlauben darf«, sagt Uwe, als der Großmarkt außer Sichtweite ist.

»Wir haben die Händlerkarte von nette Kolleg, wo grad verdiente Kaffee trinkt, kurz geausleiht und damit unser kleines Geschäft getätigt. Keine Angst, Chef, der Mann hat das Geld schon zurückbestattet erkommen. Richtig, Turo?«

Arturo nickt und kann ein Grinsen nicht unterdrücken.

Komischer Anblick. Ich habe Arturo noch nie grinsen gesehen.

»Leck die Ziege«, zischt Uwe und schüttelt den Kopf.

»Kann es sein«, frage ich, »dass in unserem Laderaum ein paar mehr von diesen Dingern sind als hundertfünfzig Stück?«

»Kann sein«, erwidert João.

»Kann sein genau fünfhundert Stuck«, ergänzt Arturo.

»Rest brauchen wir nächste Jahr«, sagt João. »Und Weihnacht ist ja auch noch. Kennt ihr doch berühmter Satz vom Fußball: Nach dem Spiel ist vor dem Spiel. Weiß nicht mehr, wer hat es gesagt. Gerdmüller? Rumenigge?«

Als Nächstes fahren wir zum Hersteller von Kunstrasen. Das Gelände befindet sich auf der anderen Seite der Stadt. Wir fahren über den Autobahnring. Da um diese Zeit kaum Verkehr herrscht, sind wir bald am Ziel. Bevor Uwe Pieps sagen kann, ist Arturo durchs Tor des Firmengeländes gefahren.

Ein Mann tritt aus einer Tür. João springt aus dem Wagen und sagt: »Schöne gute Tag, Herr Kollega. Wir kommen wegen Kontrolle. Wissen Sie ja, jedes Jahr das Gleiche. Was soll man tun, müssen wir halt. Aber keine Sorge, zehn Minute und Sie haben uns nie gesehn. Wo war noch einmal Container mit Abfall und Rezikel und alles?«

Der Mann beäugt unseren Transporter, sieht die Aufschrift des Amts, dem wir unterstellt sind. »Kontrolle?«, sagt er. »Heute?«

»Neu ist ohne Formular«, sagt João.

»Ohne Formular? Aber das war doch früher auch ohne«, grummelt der Mann.

»Ich meine jetzt ist mit, aber online. Also immer noch ohne. Mit und aber trotzdem ohne. Aber bitte nicht ärger, lohnt sich nicht. Ist halt das Leben! Sag ich immer: Schicksal macht mit uns alle das Gleiche: hobel, hobel, hobel!«

Der Mann blickt João entgeistert an. Dann dreht er sich um und zischt: »Kein Wunder, geht alles bachab, wenn die solche Leute einstellen. Ach, lasst mich doch einfach in Ruh. Container sind rechts um das Gebäude herum. Und für online bin ich übrigens nicht zuständig. Da müsst ihr zum Fräulein Graber. Aber die ist schon in den Ferien.«

»Kein Problem«, entgegnet João und zwinkert uns zu, »erledigen wir alles nach Ferie. Mit Frolein Graber. Also, schauen wir schnell zum für Kontrolle und tschüss. Dank schön, Kollega.«

Wir fahren rechts um das Gebäude herum, schauen bei den Containern schnell zum für Kontrolle und tschüss.

Alles läuft wie geschmiert, aber Uwe ist natürlich nicht zufrieden. Und der Plan, den João und ich auf dem Rückweg zum Recyclinghof aushecken, macht die Sache auch nicht besser. Ich werde Jonas bitten, zum Recyclinghof rüberzukommen und die Rasenstücke zu passgenauen Lappen zu schneiden. Derweil werden João und Arturo die Ancona-Eier abholen und Uwe soll bei dem Amt, dem wir unterstehen, anrufen und fragen, ob von den Schokoeiern, die jeweils vor Ostern einem Kundenversand beigelegt würden, noch etwas übrig sei. Er würde gerne mit Kindern ein Recyclingquiz machen und bräuchte noch etwas als Preis. Als Uwe begreift, was ihm bevorsteht, beginnt er lauthals zu wettern. Doch als ich ihm anbiete, den Anruf zu übernehmen, sagt er: »Kommt gar nicht infrage, Philipp! Ich bin der Einzige, den diese Bürokraten ernst nehmen. Worüber ihr Spaßvögel euch übrigens gar nicht zu wundern braucht.«

Zurück auf dem Recyclinghof werden wir von einem blendend gelaunten Schöberli empfangen. Uwe lässt den Blick über das Treiben um die Container schweifen und nickt anerkennend. Der Schöberli ist hier ganz offensichtlich in seinem Element. Ich gehe in den Bürocontainer und rufe Jonas an. Er ist begeistert, in zehn Minuten sei er da. Dann tätigt Uwe seinen Anruf. Auch er stößt auf helle Begeisterung. Ämter sind träge Wesen, doch manchmal hat man Glück und erwischt die richtige Person. Der Mann am anderen Ende der Leitung bietet Uwe nicht nur Schokoeier und -herzen, sondern auch noch allerlei Krimskrams an. Er sei froh, wenn die Ware noch vor Ostern weg sei, nächste Woche wäre sie an eine Obdachlosenunterkunft geliefert worden, und das hätte er selber organisieren müssen.

Ich stehe in einer Ecke und schaue den Wegwerfern zu. Ihr Enthusiasmus ist ungebrochen. Dass vor einer Stunde hier fast alles auseinanderzufallen drohte, dass Wut, Apathie und Müdigkeit still um die Vorherrschaft unter unserem großen Dach gerangelt haben, kümmert sie nicht. Genauso wenig wie die Tatsache, dass das uns drohende Auseinanderfallen nun einer ungeahnten Geschäftigkeit gewichen ist. Bei ihnen gilt die gleiche Devise wie eh und je: Hü und hott, rein und raus, Mann und Maus.

João und Arturo holen den Transporter von Gonçalves ab, der noch immer in der Nähe des Verteilzentrums steht, und kümmern sich um die Eier. Ich trage derweil die ausgeladenen Kunstrasenstücke und die Holzspankörbchen zur Pausenbaracke. Dann schalte ich für Jonas die Kaffeemaschine ein. Uwe wechselt im Bürocontainer sein Unterhemd und verpasst sich eine Schnellrasur.

Als João und Arturo zurück sind, fahren Uwe und ich los. Es ist klar, Uwe hätte jetzt tausend Sachen mit mir zu besprechen. Doch ich sehe, er hat Angst, dass unkontrolliertes Losreden den neu gewonnenen Frieden zerstört. Also bleibt er während der ganzen Fahrt still. Noch nie war unsere Konstellation von Mentor und Hoffnungsträger so fragil wie heute. Nicht nur, weil ich gleichzeitig von zwei Mentoren umworben werde. Nicht nur, weil Uwe heute Morgen mich für verrückt erklärt hat. Sie ist es auch deshalb, weil ich ihr schon längst untreu geworden bin. Mir wird in diesem Moment bewusst, dass ich schon sehr bald nicht mehr Uwes Hoffnungsträger sein werde. Lange hat der Entschluss auf sich warten lassen, doch in diesem Moment steht er mir glasklar vor Augen. Ich werde den Wegwerfern und Vorwärtskommern nicht mehr zur Seite stehen. Was hat es für einen Zweck, ihren Lernprozess mit Emotion anzureichern, wenn es diesen gar nicht gibt? Warum soll ich den Kreislauf ihres Schwachsinns weiter am Leben erhalten? Ich werde mich den Teufel um sie scheren und mich baldmöglichst in einen Baron auf den Bäumen verwandeln.

Der Mann vom Amt, stellt sich heraus, war früher selber mal »im Feld tätig«, wie er sagt. Das heißt, er war praktizierender Recycler, doch ein Rückenleiden habe ihn vor fünf Jahren an den Schreibtisch verbannt. Uwe und er erkennen sich vom ersten Augenblick an als Verbündete. Was ich mit Erleichterung feststelle. Es verringert den Hoffnungsträgerdruck.

Während wir das Material in unseren Transporter laden, erzählt Uwe dem Mann von dem frei erfundenen

Recyclingquiz, und es kommt einem fast vor, als glaube er selbst daran. Die beiden verabschieden sich mit dem gegenseitigen Versprechen, eine »offene Leitung« zwischen Amt und Feld zu legen, um die Sache, die doch eigentlich eine gemeinsame Sache sei, einen großen Schritt vorwärtszubringen.

Als wir am Recyclinghof ankommen, ist es Punkt vierzehn Uhr. In zwei Stunden wird Uwe das Gelände für die nächsten vier Tage schließen. In zwei Stunden muss Joãos Bescherung fertig sein, sonst steckt er noch tiefer in der Klemme. Jonas sitzt in der Pausenbaracke und schneidet im Akkord Rasenlappen aus. Ich geselle mich mit einer großen Blechschere in der Hand zu ihm. Als João einen der Eierkartons öffnet, fällt mein Blick auf fein ziselierte Blumenmuster, sanfte Sprenkel, Tupfen und Marmorierungen, alles in den schönsten Naturfarben. Auf meine Frage, wer diese Eier bemalt habe, zeigt João mit dem Daumen auf Arturo. Dieser winkt beschämt ab.

»Welt von die Malerkunst hat ein großes Talent verloren. Arturo ist das unberühmteste Genie über alle die Zeit«, sagt João feierlich. Arturo winkt erneut ab.

»Welt von die Malerkunst weiß nichts von was sie verloren hat. Traurige Welt, das!«, legt João nach und grinst.

Ich staune einmal mehr über unseren Arturo. Pingeliger Besitzer eines Lancia Delta HF Turbo, trotziger Inhaber der 4er-Position bei Galatasaray Altstetten, unergründlicher Herumsteher auf dem städtischen Recyclinghof, traurig-glückliche Raumsonde, die sich immer weiter vom Leben entfernt. Und jetzt noch unberühmtestes Eiermal-Genie über alle die Zeit. Vielleicht, denke ich, hängt das alles zusammen. Vielleicht gäbe es den portugiesischen Verteidiger in Diensten eines türkischen Emigrantenklubs nicht ohne den Eierkünstler, den Lancia-Fetischisten nicht ohne den Melancholiker, der tagelang über dem vergangenen Leben brüten kann. Sicher jedoch scheint mir, dass eine Kreuzung solcher Eigenschaften bei einem hierzulande Geborenen kaum möglich wäre. Es muss Arturos Abstammung von einer stolzen Teppichweberfamilie in der Region Portalegre sein, seine Emigration in die Schweiz mit Anfang zwanzig, die vielen Jahre bei einem Berner Gemüsebauern in brütend heißen Treibhäusern zu einem beschämenden Lohn, dann der Aufstieg zum Hilfsangestellten auf dem städtischen Recyclinghof. Aus alldem ist unser Arturo hervorgegangen. Sein Dasein ist ein Sieg über widrigste Umstände und zugleich die Summe unzähliger Verluste.

João verschwindet hinter ausrangierten Containern und kommt mit einer Kiste voller winziger Schellen aus Blech zurück. Die habe eine Frau kürzlich gebracht, zusammen mit Säcken voll mit weißem Kunsthaar und Glitzerlametta. Ein unbestimmtes Gefühl habe ihn dazu verleitet, die Kiste vorläufig aufzubewahren.

Während Uwe sich draußen vom Schöberli die Geschehnisse der vergangenen zwei Stunden nacherzählen lässt, organisieren wir anderen uns zu einer kleinen, aber effizienten Osternest-Manufaktur. Jonas hat eine Schneidetechnik entwickelt, dank deren nicht nur die Böden, sondern auch die Innenwände der Körbchen eine grüne Auspolsterung bekommen. Arturo bindet den bemalten Ancona-Eiern mit roten Bändeln die Schellen um und platziert sie in den Nestern. Ich lege die Schokoladeneier und -herzen vom Amt nach, dem wir unterstellt sind. Dazu kommen grüne, rote und gelbe Sugus-Bonbons, die zur selben Lieferung gehören. João kocht Kaffee, schneidet einen Osterkuchen in mundgerechte Stücke und erteilt Ratschläge. Dann verschwindet er hinter die ausrangierten Container, um mit seinen Geschäftspartnern zu telefonieren.

Als wir schon fast fertig sind, kommt Uwe in die Pausenbaracke gerannt. »Jungs, hört mal her. Da erfahre ich doch eben gerade, dass die Schwester vom Herrn Schöberli im Verteilzentrum eines großen Supermarkts arbeitet! Und jetzt kommt das Beste: Anfang der Woche haben die eine fehlerhafte Lieferung Küken bekommen. Natürlich keine echten Küken. Diese winzigen Dinger aus Draht und Federn oder so ähnlich, ihr wisst schon. Jedenfalls hatten sämtliche Küken dieser Lieferung die falsche Farbe. Orange- statt Zitronengelb. Jetzt frag ich: Kümmert uns das?«

»Äh, Chef«, murmelt João, »Küken sind Geschenk von Himmel, aber haben wir jetzt keine Zeit mehr zum für Holen, ob sind sie Orange oder Zitron!«

»Aber Schau, der Herr Schöberli und ich sind praktisch schon unterwegs. In einer halben Stunde, spätestens drei viertel, sind wir wieder zurück. Dann schwups die Küken auf die Nester verteilt und fertig! Küken sind das Element, das wir jetzt noch brauchen! Das gibt den Nestern mehr Fülle! Und Fülle ist, was die Menschen wollen. Gerade an Festtagen. Schau dir mal die Supermärkte an. Die überquellenden Osterhasenregale. Die Türme von Fastnachtskuchen! Die Berge von Schokoeiern! Fülle begeistert. Das ist tief in uns drin.«

João seufzt. Dann sagt er: »Tu, was du nicht lasse kannst, Uwe. Aber nicht mehr als eine halbe Stunde!«

»Ist gebongt! Ach, und Philipp. Machst du noch schnell für mich das Formular? Danke und bis später.«

Uwe wetzt davon, wir bleiben wortlos zurück. Dieser Uwe, denken wir. Ausgerechnet unser Uwe! Hat er sich eigentlich gefragt, ob das Ganze legal ist?

Ich schlendere zum Bürocontainer hinüber. Die Tür ist offen, ich höre ein Trällern.

There's a whisper down the line at eleven thirty-nine
When the Night Mail's ready to depart
Saying, »Skimble, where is Skimble?
Has he gone to hunt the thimble?
We must find him or the train can't start«
Dideldum, didelum, dideldum, dideldum ...

Ich spähe durch die Tür. Ich sehe einen Pospalt, einen Rücken und zwei tanzende Puppen. Ich räuspere mich, der Kunststudent fährt herum.

»Ach, du bist's«, sagt er.

»Und was machst du hier, wenn ich fragen darf?«

»Nur kurz meinen Akku auswechseln. Die Tür war offen. Und da hab ich die beiden Puppen entdeckt. Mann, ich glaub's nicht! Mr. Mistoffelees und Skimbleshanks! Meine zwei Lieblingsfiguren aus *Cats*! Ich kann noch immer fast alles auswendig.«

Ich starre entgeistert auf die Puppen in der Hand des Kunststudenten. *Cats*? *Cats*, das Musical? Uwe hat ein Musical nachgespielt, als ich ihn beobachtet habe? Ich pruste los, der Kunststudent trällert weiter:

All the guards and all the porters
And the stationmaster's daughters
They are searchin' high and low
Saying, »Skimble, where is Skimble?

For unless he's very nimble
Then the Night Mail just can't go«

Dann bricht er ab und sagt: »Wem gehören die eigentlich?«

»Die Puppen? Äh, mir natürlich. Aber sag bloß dem Chef nichts. Der würde die Wände hochgehen. Du verstehst schon.«

»Ich glaub's einfach nicht«, sagt der Kunststudent und strahlt mich an, »du bist auch *Cats*-Fan? Mann, wir haben irgendwie voll die gleiche Wellenlänge.« Dann dreht er sich um und wirft die Puppen in eine Kartonbox unter dem Schreibtisch.

Als ich das Formular fertig habe, kehre ich zur Pausenbaracke zurück. Jonas sitzt am Tisch und zupft an den Nestern herum.

»Sag mal, wie geht's eigentlich Sarah?«, frage ich.

»Hm«, sagt Jonas und zupft weiter.

»Na, sag schon. Was läuft da zwischen euch?«

»Ach. Dies und das.«

Ich mustere Jonas eingehend. Merkwürdig, dieser Gesichtsausdruck.

»Aha, ich seh schon«, sage ich. »Und was ist mit deiner Freundin? Also der alten, meine ich? Oder was ist sie denn jetzt genau?«

»Hm. Schwierig zu sagen. Wirklich schwierig zu sagen«, murmelt Jonas und zupft noch immer an den Nestern herum.

Vielleicht, denke ich, finde ich am Sonntag mehr heraus. Dann nämlich werden Jonas, Mila und ich in meiner winzigen Wohnung im Bienenstock sitzen und uns die Bäuche vollschlagen. Ja, wir werden ordentlich reinhauen und das feiern, was wir bis jetzt in unseren bescheidenen Laufbahnen erreicht haben.

Eine Stunde später sind die Osternester fertig. Die Küken, von denen Uwe eine begeisternde Fülle mitgebracht hat, verpassen ihnen in der Tat das gewisse Etwas. João holt hinter einem Container zwei Dutzend faltbare Gemüsekisten hervor, in die wir die Nester stapeln. Der Schöberli erweist sich auch bei dieser Aufgabe als ausgebuffter Systematiker. Uwe ist restlos von dem Mann begeistert. »Donnerwetter«, sagt er, »da hat's wohl einer im Griff!«

»Können Sie laut sagen«, antwortet der Schöberli, »ein Schöberli macht keine halben Sachen!«

Uwe klopft ihm auf die Schultern. »Wenn wir nicht schon vollzählig wären, ich würd Sie glatt in unser Boot holen!« Die beiden lachen.

Als João sich hinters Steuer von Gonçalves' Kastenwagen setzt, tritt Uwe an ihn heran.

»Wir werden das nächste Woche aufs Gründlichste besprechen, Schau. Wir werden alle Karten auf den Tisch legen, kannst dich jetzt schon darauf vorbereiten. Für heute nur noch eine Frage: Woher hast du all diese Eier? Ich meine die echten.«

»Legen wir alle Karte nächste Woche auf den Tisch, Chef. Jetzt ist erst einmal Osterfest. Denkst du einfach: Wunder ist beschehen! Müssen wir dankbar sein und uns freue, weil nächste Woche kommt Schicksal vorbei und hobelt Wunder wieder weg.«

13

Hier die Wohnungstür mit Spion und Gegensprechanlage, an der Wand daneben vier Kleiderhaken, vollgehängt mit dicken Jacken und Schals. Am Boden eine ausgetretene Bastmatte, zwei Ledertaschen und ein Rucksack. Eine der Taschen ist umgekippt, herausgerutscht sind eine Handcremetube, eine Haarbürste, ein rotes Notizbuch und ein Handy, das eine plärrende Melodie von sich gibt. Die Melodie wird von Stimmen aus dem Hintergrund übertönt, drei, vier, nein, sogar fünf sind es, ein halblaut wogendes Gespräch, manchmal hebt sich ein spitzes Kichern ab, manchmal ein Raunen. Aus einer anderen Richtung Musik, auch sie halblaut, saumselig vor sich hin schunkelnd. Das Handy plärrt weiter, niemand kommt.

Neben den Kleiderhaken eine offene Tür, im Halbdunkel gerade so erkennbar eine WC-Schüssel und ein Spiegelschrank. Die Tür gegenüber ist ebenfalls offen, der Raum dahinter hell, eine Matratze auf Europaletten, ein sandfarbener Sitzsack, am Boden ein großes Tischtuch, darauf Gläser, zerknüllte Servietten und zwei leere Weinflaschen. An der Radiatorheizung ein Handy, in unzählige Einzelteile zerlegt, und ein Buch von Richard Brautigan: *In Wassermelonen Zucker*. Aus zwei kleinen Lautsprechern daneben ertönt Giorgio Contes Stimme, eine langsame Rumba brummelnd. Draußen vor dem Fenster Schneeflocken, dick wie zerrupfte Wattebäusche.

Nun kommen die Stimmen näher, mit ihnen weiches Sockengetrippel auf Linoleumbelag. Da bin als Erstes ich, in den Händen ein großer Teller, darauf ein frisch gebackenes Brot, dekoriert mit einem Ancona-Ei von Joãos Hof. Da ist Mila, noch immer an Krücken, das linke Bein in geringelten Strumpfhosen, das rechte in einem bunt bemalten Gips. Da ist Marike, an den Bauch gedrückt fünf Kaffeetassen, hinter ihr Jonas, mit der einen Hand an Marikes Rock zupfend, mit der anderen Hand eine dampfende Kaffeekanne tragend. Das Schlusslicht bildet Sarah. Mit der linken Hand spielt sie in Jonas' Nacken, mit der rechten hält sie eine Zuckerdose.

Wir stellen die Sachen auf das Bodentischtuch. Jonas versucht mit Marike ein paar Rumbaschritte, es gelingt nicht so recht, Sarah schaut lächelnd zu und tätschelt Jonas' Hintern. Dann lassen sich die drei auf die Matratze fallen. Mila und ich haben es uns auf dem Sitzsack bequem gemacht. Ich schaue sie lange von der Seite an, die Linie ihres Unterkiefers, die Nase, die Ohren mit dem kaum sichtbaren Flaum, die leicht zerzausten Haare an der Schläfe. Dann küsse ich sie auf die Wange, und sie lacht. Ich blicke aus dem Fenster und denke: Was für eine verdrehte Welt!

Ja, dieser Ostersonntag kehrt glattweg alles um. Statt uns eine Kostprobe des Frühlings zu geben, schneit er uns nochmals tüchtig ein. Wir lassen uns davon nicht einschüchtern und tun das, was wir uns für diesen Tag fest vorgenommen haben: Wir schlagen uns die Bäuche voll. Jonas hat ein herrliches Lachsfilet gemacht, nun ist der Nachtisch dran, ein Tsoureki. Die Herstellung des traditionellen griechischen Osterbrots hat Mila auf einer Kykladeninsel gelernt. Eine Woche lang hat sie nun geübt, endlich steht das Ergebnis vor uns, und es duftet köstlich.

Auch in Beziehungsdingen mischt der heutige Tag alles neu. Vor drei Stunden kamen sie zu dritt hereingeschneit, Jonas, Sarah und Marike. Sarahs Ankunft in Jonas' Leben hat wider Erwarten nicht Marikes Abgang ausgelöst, sondern das Gegenteil. Ich weiß nichts über Marike, Jonas hat mir kaum etwas von ihr erzählt. Ich sehe nur eine groß gewachsene, schlanke Holländerin, die mit der klein gewachsenen, pummeligen Sarah um einen Mann wetteifert und dieses Wetteifern offenbar nicht als erbittertes Gefecht betrachtet. Es scheint, als hätte sie in den Jahren des Zögerns genau auf diese Herausforderung gewartet. Auch Sarah nimmt die Herausforderung fröhlich an. Jedenfalls turteln die drei seit Stunden auf meiner Matratze herum und lassen keine Peinlichkeit aus.

Giorgio Conte singt nun einen Cha-Cha-Cha. Marike lässt ihren Kopf wackeln, Jonas und Sarah lachen. Ich knie mich vor das Bodentischtuch und schneide das Osterbrot an.

»Was für eine *bouffe*! Grande, très grande!«, ruft Jonas.

Wir anderen schauen uns an und ahnen, dass jeder von uns die gleiche Lücke in seiner Bildung hat. Ich verdrehe erleichtert die Augen, Mila zuckt mit den Achseln, Sarah und Marike werfen Jonas einen fragenden Blick zu.

»Ihr seid hoffnungslose Banausen, meine Lieben, aber dieses Mal verzeihe ich euch«, sagt er. »Mit *bouffe* meint der Franzose ein herkömmliches Gelage. *La grande bouffe* hingegen ist ein Fressfilm, und zwar der berühmteste aller Fressfilme. Vier Männer ziehen sich vor lauter Weltekel in ein Haus zurück. Dort futtern sie, bis sie tot umfallen. Es scheint, als ob wir heute in ihren Spuren gingen. Und doch werden wir es nicht so weit schaffen wie sie.«

»Weil es in Philipps Wohnung zu wenig zu fressen gibt«, sagt Sarah.

»Weil wir zu wenig Ausdauer haben«, setzt Marike nach.

Jonas schnalzt mit der Zunge und wiegt den Kopf. »Glaub ich nicht«, sagt er, »der Grund ist ein ganz anderer, wenn ihr mich fragt: Uns ekelt es zu wenig vor dieser Welt.«

»Zu wenig Ekel?«, wirft Mila leicht empört ein. »Was hat Fressen mit Ekel zu tun?«

»Oh, sehr viel«, erwidert Jonas. »Irgendwann wird dein Ekel vor der Welt so groß, dass du dich nicht mehr von ihm abwenden kannst. Also frisst du ihn zusammen mit dem Essen, das du dir zubereitest, kurzerhand auf. Aber wie gesagt, entweder ist die Welt um uns herum immer noch nicht eklig genug oder wir sind abgestumpft.«

»Also, du bist ständig um mich herum. Und ich finde dich alles andere als eklig«, säuselt Marike und verpasst Jonas einen Liebesbiss in den Nacken.

»Wie auch immer. Unsere *bouffe* geht hiermit weiter«, sage ich und schiebe den Teller mit den Tsourekistücken in die Mitte des Bodentischtuchs.

Alle greifen zu, und es wird augenblicklich still. Milas Osterbrot ist zu köstlich, um jetzt noch ein Wort zu verlieren.

Ich weiß, Jonas hat recht. Uns ekelt viel zu wenig vor dieser Welt. Wir sind zu nachsichtig mit ihr. Dabei hat sie es keineswegs verdient. Ich wünschte, ich hätte die Kraft für eine regelrechte Ekelwut. Aber ich setze bloß meine Umgebung unter Druck. Lerne tausend Dinge und komme doch keinen Schritt vorwärts in meinem Leben. Ich kann fünf Packungen m&m's hintereinander essen, ohne dass mir schlecht wird. Geräte auseinandernehmen und sie ohne Bauplan wieder zusammensetzen.

Aber da gibt es noch etwas. Ich weiß nicht, ob ich es wirklich kann. Ich werde versuchen, mein eigener Mentor zu sein. Ich werde Uwe und den Recyclinghof verlassen, mich mit Jonas zusammentun und mit ihm vernachlässigte Gärten abklappern. Wir werden als Fledermausbaumkünstler sämtlichen Obstbäumen in dieser Stadt zu neuem Wachstum verhelfen.

Nachdem Uwe am Donnerstag die Tore zum Recyclinghof geschlossen hatte, spazierte ich mit Jonas den Fluss hinunter. Ich erzählte ihm von den Sprüchen und Ticks meines Chefs, erzählte, wie er mich damals aufgelesen und in sein Boot geholt, wie er mich gehegt und zu seinem Hoffnungsträger gemacht hatte. Jonas hörte mir schweigend zu, zeigte mir Laichplätze, die ich noch nicht kannte, seine Lieblingserle und einen Platz, wo Teenager sich paarweise verstecken, um aneinander herumzufummeln. Ich sagte Jonas, dass ich jederzeit bereit sei, wenn er Hilfe brauche, aber das nur nebenbei bemerkt, jedenfalls habe er gesehen, dass ich klettern könne, das sei doch schon mal was, aber ich wolle ihn auf keinen Fall unter Druck setzen. Wie auch immer, jetzt wisse er Bescheid. Jonas sagte noch immer nichts, zeigte mir ein verlassenes Entennest und eine gelbe Boje, die allein den Fluss hinuntertrieb.

Nach einer Stunde kehrten wir um, und als wir bei der Brücke angelangt waren, tat Jonas doch noch den Mund auf: »Ich verdiene kaum etwas, aber Arbeit hab ich genug. Besorg dir Arbeitshandschuhe, eine Gartenschere, eine gute Fuchsschwanzsäge und du bist dabei. Aber bild dir bloß nicht ein, mein Hoffnungsträger zu sein. Hoffnungsträger kann ich nicht brauchen!«

Wir haben den letzten Krümel Tsoureki verdrückt, unsere kleine *bouffe* ist beendet. Unser Ekel reicht nicht, um weiterzukommen. Wir kapitulieren.

»Ich komme mir vor wie Schöberlis Walross«, sagt Mila und rollt vom Sitzsack zu Boden.

Eine Weile lang ist es still. Dann hebt Sarah den Kopf und sagt: »Walross? Schöberli?«

»Den Schöberli kenn ich«, ruft Jonas, »aber du hast mir nie erzählt, dass er ein Walross hat, Philipp.«

Mila robbt über den Linoleumboden. In der Zimmerecke angekommen, greift sie nach einem Stapel Zeitungspapier. Sie nestelt darin herum, dann hält sie einen Ausschnitt in die Luft und ruft: »Hier! Passt auf, ich lese vor. Am Dienstagmorgen staunten Dockarbeiter in der norwegischen Hafenstadt Stavanger nicht schlecht, als ein kolossales Walross den Zugang zur Hafentoilette versperrte. Alle Versuche, das Tier wegzulocken, scheiterten. Es ließ sich von den aufgeregten Zweibeinern nicht aus der Ruhe bringen. Drei Stunden später, genau in dem Moment, in dem das mobile Ersatz-WC angeliefert wurde, beendete der Meeresriese sein Morgennickerchen und machte sich aus dem Staub. Als das Tier ins Wasser geglitten war, sei es ihm vorgekommen, als ob unter dem stachligen Schnauzer ein hämisches Lächeln hervorgeguckt habe, berichtete einer der Dockarbeiter.«

Die Geschichte sickert langsam durch die Vorstellungswelt in unseren Köpfen. Ich muss grinsen, aus Jonas' Gegend ertönt ein amüsiertes Grunzen.

»Und was genau hat die Geschichte mit diesem Schöberli zu tun?«, fragt Sarah.

»Der Schöberli ist mein Nachbar vom zweiten Stock. Pensionierter Archivar, ganz okayer Kerl«, sage ich. »Alle paar Wochen legt er mir einen Stapel ausgeschnittener Zeitungsartikel zu allen möglichen Themen hin, zum Durchlesen. Keine Ahnung, warum. Keine Ahnung, warum ausgerechnet ich mich dafür interessieren sollte, aber da sie schon vor meiner Tür liegen, kann ich sie geradeso gut lesen.«

»Schräg«, sagt Sarah.

»Ich hab eine Theorie«, sagt Jonas. »Wie jeder Pensionierte sehnt der Schöberli sich nach seiner alten Arbeit. Deshalb archiviert er bei sich zu Hause weiter. Bloß ist sein Zuhause kein Archiv. Sprich: Es hat zu wenig Platz. Seine Wohnung quillt buchstäblich über. Und da haben wir sein eigentliches Problem: Er kann die Zeitungsartikel nicht wegwerfen. Jede Faser in ihm sträubt sich dagegen. Darum will er, dass du sie für ihn loswirst, Philipp. Ob du sie vorher liest, ist ihm piepegal.«

Ich schlucke. Mir fällt ein, dass der Schöberli mich noch nie in seine Wohnung eingeladen hat. Ich versuche, sie mir vorzustellen. Sie muss furchtbar aussehen.

Ich sage leise: »Könnte sein. Wie die Frau mit den Buttons.«

»Buttons?«

»Da war eine Frau auf dem Recyclinghof. Vor etwa drei Monaten. Sie kann ihre Buttons nicht wegwerfen. Jahrzehntelang hat sie sie gesammelt, Hunderte, vielleicht Tausende, und jetzt zwingt ihr Mann sie, alle fortzuschmeißen. Ich habe ihr versprochen, es für sie zu tun. Aber ich kann es ebenfalls nicht. Und von den Schöberli-Artikeln habe ich bis jetzt auch noch keinen einzigen weggeschmissen. Es ist, als ob ich diese Menschen beerdige, wenn ich ihre Dinge zu früh wegwerfe.«

Aus dem Augenwinkel sehe ich, wie Marike den Blick durch das Zimmer schweifen lässt. Ich sehe, wie er an dem Bakelit-Telefon und seiner abgeschraubten Hörmuschel hängen bleibt, am Brooks-Fahrradsattel, den ich von João bekommen habe, an meinem Handy, das seit Wochen als Patient mit offenem Brustkorb daliegt. Bestimmt stellt sie sich gerade vor, wie es hier in ein paar Jahren aussehen wird. Aber Marike liegt falsch. Ich bin kein Sammler. Die Dinge kommen zu mir, bleiben eine Weile da, ich höre zu, was sie mir zu sagen haben, und irgendwann verschwinden sie wieder, und dann ist es auch gut.

Mila liest noch einen von Schöberlis Artikeln vor, wieder allgemeine Belustigung im Raum, dann übermannt uns Dösigkeit. Wie das Walross von Stavanger liegen wir da, möglichst jede Bewegung wird vermieden. Der Haufen, den Jonas, Marike und Sarah auf meinem Bett bilden, hebt und senkt sich wie ein schlafendes Tier. Der Haufen, den Mila und ich bilden, kratzt und kitzelt sich, kommt trotz aller Trägheit nicht zur Ruhe. Milas Oberschenkel liegt auf meiner Hüfte, meine Hand ist unter ihren Pulli gekrabbelt. Dein Duft, denke ich und drücke meine Nase in ihr Haar. Deine Haut, mit ihren glatten und weichen Stellen an den Rippen, am Bauch und an den Schenkeln, mit ihren flaumigen Stellen im Nacken und auf den Armen, mit ihren porigen Stellen im Gesicht, und immer wieder die Linie deines Unterkiefers. Das bist alles du, eine Landschaft, die mich stets von Neuem überrascht, und doch kann ich die Arme um deine Vielheit schlingen und sofort bist du wieder eins und ich bin das andere. Du sprichst in tausend Sprachen zu mir, keine zwei Mal verstehe ich dich auf die gleiche Art, aber immer weiß ich, dass du es bist.

Irgendwann geht ein Grunzen durch den Raum, und der große Haufen auf dem Bett beginnt sich zu regen. Ein Arm streckt sich in die Höhe, ein Gähnen macht sich bemerkbar. Es ist Jonas.

»Leute, so geht es nicht weiter«, sagt er schließlich und stemmt sich empor. »Und außerdem hat unser Modellflugzeug seinen Jungfernflug noch immer nicht absolviert. Vorschlag: Wir steigen auf den Hügel zu Milas Bude und lassen das Ding fliegen. Es schneit kaum noch, und jetzt guckt sogar schon die Sonne durch die Wolken. Was meint ihr?«

Marike und Sarah sind natürlich einverstanden, und Mila kann sowieso nicht lange sitzen bleiben. Mir selber ist es auch recht, an die frische Luft zu kommen. Also schnell die Reste aufgeräumt, alles in die Küche gestellt, rein in die dicken Kleider, raus in den österlichen Frühlingswinter.

Beim Modelldampfzugverein ein Alter im schmierigen Blaumann. Still und einsam schlürft er eine Tasse Punsch. Vor seinen Füßen steht eine feuerrote Lok. Kaum merklich nickt er uns zu. Dann bückt er sich, zieht einen Lappen aus der Hosentasche und beginnt, die Lok zu polieren. Wir gehen weiter, an den leeren Schrebergärten vorbei bis zum Flussufer. Marike schlägt vor, der humpelnden Mila zuliebe eine Pause zu machen, doch die humpelnde Mila will davon nichts wissen. Wir überqueren die Brücke und nehmen den steilen Weg am Rebberg. Oben angekommen, gibt mir Mila den Hausschlüssel. Ich gehe in ihre Wohnung, suche das Flugzeug, das seit dem verunglückten Baumschneidetag unbeachtet daliegt.

Als ich aus der Wohnung trete, hüpfen Sarah und Marike von einem Fuß auf den anderen, Jonas und Mila tragen mit den Krücken einen Schwertkampf aus.

»Auf geht's, Leute«, rufe ich.

Als wir am Weg unterhalb des Friedhofs ankommen, lugt die Sonne zwischen grauen Wolkentürmen hervor. Ich nehme Anlauf, ich renne, ich lasse los. Der Flieger fliegt, taumelnd, aber er fliegt, und er steigt sogar ein Stück in die Höhe. Weiter und weiter entfernt er sich, über den Rebberg hinaus, dann plötzlich beginnt er zu sinken.

»Ihm nach«, ruft Jonas und eilt los.

Wir rennen, so schnell wir können, und Mila ist nicht die Langsamste. Ich sehe den Flieger längst nicht mehr, ich renne nur noch Jonas und Sarah hinterher. Knapp hinter mir das Staksen von Milas Krücken, noch weiter hinten Marike und ihr Keuchen. An der Straße unten bleibt Jonas stehen und sucht den Himmel ab. Er ruft: »Da! Er fliegt direkt auf die Insel zu! Er will zur Fabrik, er will zu mir!«

Wir rennen weiter. Doch der Flieger hält sich nicht an Jonas' Wunsch. Statt zur Fabrik zu fliegen, senkt er sich zum Fluss hinab. Schon setzt er auf. Und schwimmt davon. Jonas rennt und rennt, über die Wiese, die Böschung hinunter, er reißt sich die Jacke und den Pulli vom Leib, dann schlüpfen seine Füße aus den Schuhen, die Hose fliegt davon, und am Schluss ist er auch die Unterhose los.

»Bist du wahnsinnig?«, ruft Sarah und schlägt die Hände über dem Kopf zusammen.

»Nenn es, wie du willst, es ist einfach zu schön. Ich muss da rein, ich muss da einfach rein. Und außerdem müssen wir den Flieger retten«, brüllt Jonas und hüpft splitternackt über die Steine ins Wasser.

»Ich auch! Ich auch!«, ruft Marike und ist schon halb ausgezogen.

»Glaubt ja nicht, ich schaue euch beim Rumplanschen zu«, sagt Sarah und zieht sich ebenfalls aus.

Jonas ist schon bis zum Bauchnabel im Wasser. Er ruft: »Dann aber schnell, meine zwei süßen Undinen.«

Ein Zeter und Mordio, ein Lachen und Feixen, dann tauchen der Wassermann und seine Undinen ab. Mila und ich schauen ihnen vom Ufer aus zu. Das ist nichts für mich, und Mila würde vielleicht gerne, aber sie hat nun mal den Gips am Bein. Höchste Zeit, die drei sich selbst zu überlassen. Sie brauchen uns nicht.

»Gehen wir?«, frage ich.

»Gehen wir!«, antwortet Mila.

Wir blicken noch einmal zu den Köpfen, die sich im Wasser rasend schnell von uns entfernen. Jonas hat den Flieger nun erreicht. Er dreht sich um, hebt die Hand in die Luft, ruft: »Sag Bescheid, wenn du auf dem Recyclinghof fertig bist. Hunderte von Bäumen warten auf dich.«

Wir gehen. Eine Amsel steht unter dem Geäst einer Weide, in ihrem Schnabel windet sich ein Wurm. Ich mache eine seitliche Kopfbewegung und mustere sie skeptisch. Mila sagt: »Gut, dass du mit dem Abfall aufhörst. Bäumeschneiden ist besser für dich. Und Jonas tut dir auch gut.«

»Ja«, antworte ich und wende meinen Blick von der Amsel ab. »Schade nur wegen Uwe. Er wird maßlos enttäuscht sein. João ebenfalls. Ich war doch ihr Hoffnungsträger.«

»Jetzt kannst du selber wählen, was du sein willst.«

Ich denke kurz nach. Dann sage ich: »Ich bin der Neffe vom Zamboni.«

»Wie bitte?«

»Der Neffe vom Zamboni. Ein Glücksritter, aber noch etwas schüchtern.«

Mila blickt mich mit großen Augen an. Dann schüttelt sie den Kopf und humpelt weiter.

Wir biegen auf die Brücke ein. Ein angekettetes Fahrrad ohne Vorderrad reckt das Hinterteil in die Höhe, ein Hund schnuppert an einem Hund, der an einem Hund schnuppert, zwei Männer mit loser Leine in der Hand grüßen sich stumm.

Als wir bei der tosenden Wasserwalze ankommen, bleiben wir stehen. Unter uns mühlt sich ein entrindeter Baumstamm durchs schaumige Weiß und kommt nicht mehr weg. Lange verfolgen wir seine Bewegungen.

»Kann man dem nicht helfen?«, murmelt Mila.

»Wem?«

»Na, dem Baumstamm«, ruft sie und verzerrt das Gesicht. »Ihn kurz anstupsen. Damit sein Leben wieder einen Sinn hat!«

»Aber das ist doch der Sinn seines Lebens«, sage ich.

»Wie bitte?«

»Das Schicksal hobelt und hobelt an jedem von uns und am Schluss sind wir alle gleich. Sagt zumindest unser João. Am Anfang tut jeder, als sei er ein Unikum, am Ende sind wir alle ein einziger Brei. Und weil wir sowieso nichts dagegen tun können, sollten wir uns davon die Laune nicht verderben lassen.«

Mila blickt mich lange an. Sie bläst sich eine Strähne aus dem Gesicht, schüttelt den Kopf und sagt: »Zu Befehl, großer Philosoph! Ab sofort nie mehr schlechte Laune.«

Sie dreht sich um und humpelt laut schnaufend davon. Ich zucke mit den Schultern und folge ihr in sicherem Abstand. Bald wird sie ihren Gips los sein, denke ich. Bald darf sie wieder ein freier Mensch sein und ihrer chronischen Übellaunigkeit Auf Wiedersehen sagen. Ich freue mich schon drauf.

Beim Modelldampfzugverein steht jetzt ein ganzes Grüppchen, bestimmt zehn, zwölf Leute. Drei Dicke und ein Dünner im verschmierten Blaumann, alle anderen sonntäglich herausgeputzt. Janker, Stresemann, Streifenjackett, jeder hat sein bestes Stück aus dem Schrank geholt. Dazu drei Frauen, allesamt auf schwindelerregend hohen Schuhen, darüber Zweiteiler mit Blumenmuster oder flotten Streifen, noch weiter oben Seidenfoulard und Hochsteckfrisur. Die Gruppe steht um die feuerrote Lok herum, die jetzt tadellos poliert und mit Blumen geschmückt ist. Die Männer rauchen Zigarre, die Frauen prosten sich mit Champagnerflöten zu, die Stimmung ist blendend. Etwas abseits stehen vier Männer in grüner Uniform und schrauben an ihren Instrumenten herum. Zweimal Trompete, einmal Posaune, einmal Saxofon. Kurzes Einstimmen, dann schauen sich die vier Männer an und nicken. Der erste Trompeter wippt mit dem Fuß, sagt: »A one, a two, a one, two, three, four …«

Als ob dieses Anzählen mir gälte, wende ich mich ab und schließe geschwind zu der humpelnden Mila auf. Schon im Herankommen hebe ich meinen Arm, lege die

Hand sanft an ihren Hinterkopf und drehe ihr Gesicht in meine Richtung. Wir bleiben stehen. Ich schüttle sie fest und sage: »Alter Grummelkopf, du. Miesepetriger, muffliger alter Grummelkopf.«

»Glücksritter, blöder«, antwortet Mila und lächelt schief.